新 潮 文 庫

もう一つの出会い

宮尾登美子著

新 潮 社 版

3380

目次

妻の時間

もう一つの出発

もう一つの出会い

妻の時間

三十八歳、0からの出発

二十年間の妻の座に訣別《けつべつ》した雪の朝

先日、某誌のインタビューがあって、「あなたの結婚生活について、自分で採点してみて下さい」といわれ、ごく小さなものでも不満一つにつき一点で減点してゆく方式だとすれば、今私はこれという不満は何もない状態だから、別に気負いもなく、「百点です」と答えた。

よく考えてみれば、二人で構成している結婚生活を妻の側だけで不満なし、と採点してもこれは不完全なものであって、相手は案外、六十点以下ぐらいに考えているのかも知れぬ。そこまでこまかく相手の気持ちを忖度《そんたく》しないでもいいところに私の場合百点の意味があり、もう十年、夫婦喧嘩《ふうふげんか》の記憶もないおだやかな毎日が続いている。

私は愛について語るのはとても苦手だし、どうにも照れくさくて、今まで彼との馴《な》れ初《そ》めを振り返って考えたことはあまりないが、私に現在のような結婚生活の平和がもたらされたことの原因は、全くすべてが幸運だったとしかいいようがない。結婚には一種のくじ運的な要素が多分に込められているから、ちょっとふざけていえば彼はさしずめ私にとっていい当たりだったといえようか。

女はとくに怨《うら》みについては克明に記憶しているもので、そのわりに喜びについては恬淡《てんたん》としている傾向は私の場合にもよくあてはまり、ときどき私は今の生活の裏返しのように昔があざやかに浮かんでくることがある。怨みといっても、十年以上も経《た》てばもう生々しいものはすっかり消えていて、若かった自分自身への反省ともなっていることが多い。

私が足かけ二十年にわたる最初の婚家先を出たのは、昭和三十八年の一月だった。

その年は表日本も豪雪の年で、暖国の高知でもどか雪が降り続き、正月以来、道に白いものの消えた日はなかったようにおぼえている。その朝、県営アパートの二階の三畳で、高三の長女、中一の次女の登校するのに続いて夫が出勤するのを、私はじっと寝たまま聞いていた。気分が土下座させられてでもいるようにみじめで、真《ま》っ暗闇《くらやみ》で、長い年月のあいだ、これに似た思いは幾度か味わっているものの、今度だけはもう救いようもない土壇場《どたんば》に来た感じがあった。

この最初の結婚については私の側に強い反対があり、相手が農家であることに対し、私の家は田舎に親戚《しんせき》の一軒も持たぬ代々町育ちの人間である上に家業も水商売ときていて、私がまだ満で十七歳であることもその大きな理由であった。周囲の反対を押し切った結婚だったから、親に不満を訴えてはいけないという戒めを私が自分に課していたのは、結婚後どれくらいの期間だったろうか。

たぶん、結婚後一年目に長女も生まれ、その後渡満してやっと引き揚げて来た頃からだったと思われるが、わがままで辛抱を知らないで育った一人娘の私は、何かといえばすぐ夫との仲に絶望しがちになり、他《ほか》に自分の生きる道はないかと考えるようになっているのだった。

それが二十年間も保《も》ちこたえたというのは私の結核療養期間もあり、続いて次女も生まれ、その後は自分の興味を専《もっぱ》ら仕事にばかり振り向けていたこともあったかと思われる。

夫婦互いに劬《いた》わり合うあたたかさなど全くないまま、私は私で家の中の主婦の仕事は手を抜けるだけ抜き、自分から望んでたびたび県外出張の機会を捉《とら》えては、わずかな息抜きを求めていたようだった。

自分のない結婚にゆれ動く女のこころ

家は荒廃したままで子供たちは大きくなり、大きくなれば両親の不仲は別に話さなくとも二人とも自然に判《わか》って来る。母親の留守に馴れている子供たちは、長女が高校生になった頃から私にときどき家を出ることを勧めるようになり、私もまた本気でそれを考えるようになって来ていた。女の子と母親の関係は、まことに緊密そのもののようでいて虚実ないまぜた駆け引きもあるようで、この頃の長女はうるさい母親が出たあと、殆《ほとん》ど家にいない父親ならくみし易《やす》く、その中で自由な毎日を楽しみたい気分もちょっぴりあったのではないかと思われる。私はまた逆に、子供たちがそれを望んでいるなら母親としての責任も幾分軽くなる時期がやって来たように思われ、たとえ夫婦は別れて他人同士になろうとも、子供との絆《きずな》が切れるはずもないことを恃《たの》んでいるのだった。

夫婦のいさかいというのは、深い根を分けて探っていってもどちらかが一方的に悪いということはいえなかろうが、お互いに相手の欠点ばかり見ているところに解決の道は永久に立たないように思える。殊《こと》に私たちのように、二十年という長い間、ときに偽りの妥協もしながら、離婚を人生の最終目的として、冗談まじりに語り合う仲となっては、その原因を問われても一口で説明することはなかなかに難しい。結局は相性が悪かったというより他ないのである。彼が内向性、私が外向性というなら、性格の不一致ゆえに却《かえ》ってうまくいっている夫婦はたくさんあるし、育った環境の違いというなら、これも馴れ従って文句なし嫁ぎ先の家風に融《と》け込んでいる女性もたくさんある。

自分の結婚の責任を当時の世相に転嫁《てんか》するほどの気持ちはないけれど、ただいえることは、私のように戦争末期に結婚した女性のなかに離婚の例が多いのも、ひとつには時代の影が濃く射《さ》していたと考えられなくはないだろう。早い結婚を奨励した国の方針もあったし、戦争体制が作り上げた男性の理想像にも現在とは大きな違いがあった。戦後のデモクラシーにめざめてみれば、戦争中の偶像がみじめに陥《お》ち果てた話はひとごとではなく、それをごく身近に体験した女性は随分と多かった筈《はず》である。

しかしそれでも、相手とは本質的に合わないと知っても、いさかいに疲れ果ててそのままお互いに一生を終える夫婦は世間に多いが、私の場合も、幸か不幸か前年の秋、『婦人公論』の女流新人賞を貰《もら》っていなければ、或《ある》いは雪の日に家を出るという暴挙の決心はつかなかったかも知れない。引き揚げてのち、病床の暇《いとま》に満州体験を小説に書くという私の手なぐさみはその後だんだんに昂《こう》じ、ときにはそれが不満だらけの生活からの逃避手段ともなったし、ときにはそれを生活の方法ともしたい夢を私は呆《ぼ》んやりと描く日もあった。

受賞は私の長いあいだの念願だったから、目標の最初のラインにやっと到達したことを喜ぶ反面、地方にいて小説修業するきびしさもまたしたたかに知らされねばならなかった。受賞はしても東京からの小説の注文など一件もないし、地方には市場がなくて収入の資《もと》とはとうていなり得ず、却ってより難しい条件に追い込まれた感じがあった。受賞は金銭上の頼りにはならなかったけれど、私の、自信とまではいえぬ頑《かたく》なな自我を多少なりとも強める働きを持っていただろうか。

振り返って、受賞後私はずっと何かに苛立《いらだ》ち続けていたようだった。

百円硬貨一枚の旅立ち

家を出る前日、子供の前も憚《はばか》らずまた夫といい募り、その果てに夫になぐられたせいで私はそれがくせの肋間《ろっかん》神経痛を起こし、大きな息もできない状態でじっと二階に寝ているのだった。胸の痛みも加わって、私はそのとき死を考えていた。

夫とのいさかいの中には、夫婦共働きしていた頃でも金の足りない現実に互いに腹を立てることも含まれていて、この朝も私は娘たちに学用品代を渡したあと、枕《まくら》もとの財布はからっぽだった。何もかも行き詰まってしまっていて出口が見えず、このままでいれば私はもう死ぬしか道はない、と思った。死がどんなかたちでやってくるか判らないけれど、口を開けばいさかいとなり夫にまたなぐられ、血を吐いて死んでしまうかも知れないし、或いは自分から薬をあおる羽目になるかも知れない。それは決して遠い将来ではなく、不意に今すぐやってくるか、明日まで伸びるか予測もつかないものであった。

手洗いに立とうとし、胸の疼痛《とうつう》を劬わりながらそろそろと起き上がった私に、そのときふと、かたわらの書棚に鋲《びょう》で止めてあった赤い大入袋が目に止まった。

これは私の新人賞受賞作品の掲載号が売り切れてしまった記念に出版社から出されたもので、私にも一つ、と手渡されたとき、皆とふざけながら陽にすかして丸い硬貨を確かめ、そのまま封も切らず飾ってあったものだった。たぶん十円、と思いながら開けてみると、中から転がり落ちたのは白い百円硬貨であった。私は何かの示唆《しさ》を受けたような感じがして、その百円硬貨を掌《てのひら》の上に載せ、暫《しばら》くじっと眺めていた。この頃、地方では百円硬貨を見るのはまだ稀《まれ》だったから、今日まで封も切らず十円だと思って書棚のアクセサリーにしていたのは、たった今、私に家を出るための勇気を与えてくれる、何かがあったのではなかろうか。

今百円の金があれば、バスに乗って取りあえず町までは出てゆかれる。それから先、百円ぽっちで生きてゆけないとは判っていても、この家で苦しみながら死を待つよりはずっと潔《いさぎよ》い、と私は思った。途中雪道で血を吐いて死のうと、雑踏の中で飢え死にしようと、先の事は考えないほうがいい、この深いぬかるみのような家の中で夫と繰り返すいさかいを考えれば何でもできる、と私は思った。

私は起き上がって重いオーバーを着、そのポケットに百円玉を落として家を出た。雪はいつのまにかまた降り出しており、胸の痛みはぶり返してきて私をいっそう心細くさせる。雪道をゆらゆらと歩いて片道二十円のバスに乗り、町の喫茶店にはいって五十円のコーヒーを飲むと、ポケットの中の硬貨はたちまち三つの銅貨しか残らなくなる。胸の痛みを抱えながら、窓の上に降りしきる雪を眺めているときの、この私の胸の心細さはいいようのないものであった。もしこのとき、いまは未亡人となって小さな旅館を経営している古い友人を思い出さなかったら、或いは思い出しても友人が私を受け入れてくれなかったら、私は文字通り野垂れ死にをしていたかも知れなかった。

私はどういう星のもとに生まれたか、小さい頃から今まで、幾度か一文無しになり、幾度か死に直面して来てはいるものの、このときの行き暮れた思いはいまもときどき夢にあらわれることがある。刃物のように鋭い寒さで迫ってくる真っ白い雪の世界に、黒いオーバー一枚で立っている自分の孤独な姿は、たとえそれが夢ではあっても私にはやっぱり恐ろしい。

離婚というものがどれだけしたたかな覚悟を必要とするものか、それは経験者にしか判らないが、それだけに十年以上経った今でも私にはしみじみと思い返される。歳月とは厚みを増すごとに尊さを加えるもので、それを思えば最初の結婚生活の二十年は、人生の三分の一にも相当する長さであった。

この二十年の中には、世間知らずの娘が妻となり母となる喜びや苦しみを始めとして、話しても話し切れず、書いても書き切れないほどたくさんの感情や出来事が込められている。夫婦してその上に更に重ねてゆく年月なら、二十年は見事に生きるだろうが、私の場合、離婚によって二十年は一挙に徒労となる筈であった。

いま現在の夫とあたたかく暮らしていて、二人の嫁いだ娘たちも交じって団欒《だんらん》のとき、私はふと、これでまだ十年、と淋《さび》しく思うことがある。むろん、夫も娘も、古い思い出は切り捨てたところからの出発と割り切っているからこそおだやかな平和があるのだけれど、私にとっては、失われた歳月はやっぱりたまらなく惜しい。この私の愚痴っぽい胸の中の呟《つぶや》きは、いまが充分幸福だという私自身の反証でもあるのだろうか。

私はその後、貴重な十円を使ってかけた電話で相手のＯＫを取り、彼女の好意に甘えてここに一週間ほど厄介になって身体《からだ》を癒《いや》し、金策に走り回ってやっと小さな借家を一軒、借りる事ができた。娘たちは父親のもとと私の家をあっちこっちし、私は必死で仕事を拾い集めては何とかその日を凌《しの》ぐありさまであった。

一歩踏み外せば死に至る幻影は私からまだ離れておらず、私は頼るもの欲しさにこの頃よく易を立てて貰ったりしたが、どの易者も、どの占いにも「離為火《りいか》」という卦《け》が出ていることをいい、

「あなたは進んで凶、退《ひ》いて凶、同じ凶なら前へ進むしかないでしょう」

と聞かされ、もとより易占いを過信するつもりはないものの、離為火は当時の私の気持ち、生活状態をよく象徴していると思ったものだった。

三十八歳、子連れ再婚、大海に出る

世間の評判では、「まことにいい人」である夫を捨てて家出した私への風当たりは強く、易者のいうように、「ただ一人大海を漕《こ》ぎ渡る」状況でいれば、人の情けも私にはひとしお身に沁《し》みてくる。

現在の夫はこのとき、私の仕事上関係の深い高知新聞社の学芸部副部長を勤めていたが、家を出た直後、月賦《げっぷ》で買ったストーブをプレゼントしてくれたのは、身体の弱い私にとって何よりも嬉《うれ》しい心づかいであった。無口で取っつきにくいその人柄にもかかわらず、私が仕事上の愚痴や世間の批判、一人で生きるつらさなど、この人には心配なく聞いて貰えたのも最初から何か通じ合うものがあったというのだろうか。

通じ合うといえば、彼の兄と私が同級生で、彼は同じ小学校の二年下にいた事は以前から判っていたし、似たような下町育ちの中で母親たちが知り合いだったのも、全く未知の人間同士にはない、ある種の許し合いもあったことと思われる。彼はこのときまだ独身だったが、古い知り合いではあっても息子の結婚の相手ともなれば話は別で、母は年上で子連れの再婚者の私には容易に首をたてに振らなかった。

世間は、夫と死別した女には比較的甘いけれど、生き別れの女には前科者という重いレッテルを貼《は》りたがる。その上、そろそろ適齢期にかかろうという娘二人を抱えていては、初婚の男と結婚する資格はない、といわれれば反論できる立場ではないかも知れないが、私はやはり、彼とふたり世間にちゃんと通用する正式な結婚のかたちが欲しかった。前科者の立場でいわせて貰えば、失敗しただけにより一そう、新しい生活への意欲は強いように思える。女とはとくに融通無碍《ゆうずうむげ》なるものであって、最初の夫には鼻持ちならぬ悪妻であっても、今度もまたそうであるとは誰がいい切れるであろうか。むしろ、子持ちの再婚者が今度こそ、と唇を嚙《か》む思いで築きあげる家庭に人一倍の深い思いがかかっているはずであった。まもなく彼の母親が折れ、無事正式結婚のスタートができたのだったが、このとき私は三十八歳、彼は三十五歳であった。

この三十八という年齢を考えるとき、私は今でも人に、「あなたは離婚をスプリングボードにして、もの書きには必要な自由な世界を何故《なぜ》求めなかったか」とよくいわれる。妻の座などに縛られない奔放な生きかたは、確かに私にとっても憧《あこが》れのまとではあるけれど、病弱な人間には自由よりも安定が欲しかったといえようか。身体が弱いだけでなく、「一人大海を漕ぎ渡る」精神に耐える強さも私には欠けていたように思われる。もの書きがいい作品を生むためには、一種の飢餓感や不満が必要だという定説もあり、私が、夫婦間の不和ももうどん詰まりに来ていた状態で最初の新人賞を貰ったことを思えば、又しょうこりもなく新しい結婚に踏み切って安定のなかに身を埋めたのを、もの書きとしての自殺行為、と決めつける人もあった。それはそうかも知れないけれど、『櫂《かい》』（昭和四十八年太宰治賞受賞作品）が何の不満もないおだやかな暮らしの中から生まれたのをみれば、ものを書く条件は人それぞれ、とも考えられるのではなかろうか。

彼との結婚生活は、その後家をたたんで上京という生活上の大きな変動に見舞われたにもかかわらず、ずっと順調に続いている。よほど相性がいいのか、いざ二人で暮らしてみれば、髪ふり乱して覚悟を決めなければならぬようなこわい気負いは何ひとつ必要としなかった。

私は元来、こまかく男の世話をやくたちではなく、甘えてよりかかりたい一方の勝手な人間だから、彼が年下ではあっても姉さん女房のタイプにはなり得ないし、それでいて、心づかいだけでもしているかといえばこれも全く落第で、毎日自分のしたいようにして暮らし、彼も大ていのことは自分でやってのける習慣になっている。

馴《な》れ初《そ》めから現在まで、彼は愛の言葉など一言《ひとこと》も口にしない男だし、私もべつにそれを欲しいと思わないのは、二人ともべたべたした表現を嫌う世代に育った共通の照れとでもいうものであろうか。これといった言葉もいらぬさっぱりした家の中の、あくびの出るような退屈さこそ私がずっと求めていた夫婦の暮らしだと思っている。

妻の孤独に気づかない男の傲慢《ごうまん》

危機を救った夫婦の対話

私がこの市街地の団地に住みついてから今年でもう八年になる。私の部屋は十四階建ての十二階だが、中に廊下が通っていて両側に部屋のある構造だから、文字どおり向こう三軒両隣りのつきあいが基本だが、狭い団地だけにこのわくはもっと広げられ、同じ階の人、或《ある》いは上下の階の人、そして同じ棟の人ともわりあい気軽く声をかけ合う。

だいたい、団地というのは子育てざかりの夫婦が住まうものらしく、互いに情報交換しあい、また刺激もしあって暮らすらしいが、私などのように子育ても終わった夫婦きりというのは珍しいケースなのか、ときどきおもしろいニュースを聞かされたり相談を持ちかけられたりする。

A子さんも私の近所の人だが、子供は五歳をかしらに続けて三人、ご主人は工員さんである。奥さん方のなかには陽気な廊下とんび型も結構多いが、このA子さんは昔から絶対に近所づきあいをしない。ま、子供の友だちもあるわけだから全くの絶縁状態というのでもあるまいが、私はA子さんが人と立ち話をしているのを見たことがないのである。

鉄筋の建物というのは、蜂《はち》の巣のようにこまかく目白押しに部屋が並んでいるとはいっても、鉄のドアひとつ閉めれば音は遮断され、完全に孤立した建物になる。私はA子さんの部屋の前を通るたび、まれに子供の泣き声はしても大ていしんと静まり返ったドアの向こうで、A子さんはいったい寂しくないのかしら、などといつもよけいなことを考えたものだった。情報通の人の話によると、A子さん夫婦は遠い九州から六年前に上京したばかり、言葉も違うために近所の人がいろいろ誘ってあげても心を開こうとしないという。

私は一時期、新聞の見出しなどに、

「都会の孤独、若妻を自殺に追いやる」

という文字を見ると必ずA子さんのことが頭に浮かび、ご主人も朝早く夜遅いというなら、彼女はどんなふうにしてストレスをまぎらせているのだろう、とよく思った。

ところが最近、A子さんと偶然エレベーターが一緒になり、私は思いきって、

「たまには遊びにいらっしゃいません？」

と声をかけてみたところ、彼女はにべもなく、

「結構です」

といっていたが、私もなお、

「お故郷《くに》のお話もお聞きしたいし。私も四国ですのよ」

と誘い、とうとうA子さんの家の前で長い立ち話になってしまった。

それによると、彼女のご主人は仕事一点ばり、全く家庭を顧みない人で、A子さんも一時は離婚を考えたという。それを乗り越えたのは、三人目の子供を妊《みごも》ったのをきっかけに、夫婦でよくよく話し合ってからだった。若い夫婦が上京し、知人もいない都会で暮らしはじめたとき、男は仕事に心を傾けられても留守の妻の心には耐えがたい孤独がしのび寄る。このせつ三人も子供を養えば生活が苦しくなることはわかっていたけれど、三人もの子育ては夫の手を借りないではできず、A子さんは敢《あ》えて生む決心をし、夫の心を家庭と自分に引きつけておこうと考えたという。

「それからというもの、日曜日は私と三人の子供のよきパパ、よき夫となりました。ふだんの日は忙しくてろくに話し合う時間もありませんが、日曜日の団欒《だんらん》でそれは充

分補える気がします」

だから近所づきあいは苦手でも、家の中があたたかく自分の心が満たされていれば不満はありません、とA子さんはさっぱりといいきるのだった。

A子さんの話は、核家族の長短あわせた型で多少問題もあるとは思ったけれど、孤独感とは要するに主観的なものだから、A子さんが満足しているかぎり、これはこれでいいのではなかろうかと私は思った。

妻の孤独をふり向かない夫

次のB子さんの話は、A子さんとまるきり正反対で、社交型のタイプなのに、B子さんは限りなく寂しいという。世話好きで明るく、ものにこだわりのないB子さんは、毎日忙しそうに楽しそうに暮らしているかに見えるが、セールスマンのご主人はこれも仕事ばかり、家でくつろぐ時間といえば一人娘と遊ぶだけで、妻をかまうことがないという。

「私たち、もう半年も夫婦生活がないんです。ほんとうなんです」

というB子さんの顔を見て、私は夫婦というのは外見だけではわからぬもの、とつくづく思った。B子さんは有能でとても組織力があり、団地内の物資の共同購入や、その他おけいごとなどもどんどん発案してすすめる人だけに、こういう悩みを持っておいでだとは私は全く知らなかった。B子さんによれば、ご主人に顧みられぬさびしさをまぎらすため、いろいろと人に交わり、行動もしてみるのだけれど、

「何をやっても夫の心の替わりになるものはありません。私を満たしてくれるものは夫の心以外にないのです」

というのを聞くと、同じ妻の立場で私にはよくわかるような気がする。

性格もあるだろうが、A子さんが、三人まで子供を養い、捨て身で夫と一体感になろうとしたのにくらべ、B子さんは互いに気分を放散しすぎて孤独感はなおいっそう深まるばかり、というかたちになったのではなかろうか。

ところで、私の場合はもの書きという特殊な職業上、あまり一般的とはいえないかもしれないが、孤独のおそろしさ、つらさはそれだけに人一倍知っているような気がする。私はいまでも、日中仕事をしていて、夕方になるとどんなに忙しくても書くことをやめ、夫の食事の世話や家事などすることにしているが、人はこんな私の外見だけ見て、「世話女房型のいい奥さん」だという。

釣った魚に餌《えさ》をやらぬ男の傲慢《ごうまん》

しかし、本音をいえば、家の中に人がいれば私は原稿など書けないという因果な性分なのである。作家のなかには、人と話しながら原稿を書く器用なタイプもあるらしいが、思考を澄ませ、あるいは凝縮しなければできない仕事なのだから、私など少しでも気の散る状況下では一字だって書けはしない。で、夫が帰るたび仕事を中断していると当然はかどりが遅くなり、締切りに間に合わなくなって、その結果、いつもホテルへカンヅメということになる。

カンヅメを、費用向こう持ちの気楽な暮らしという人もあるけれど、私などカンヅメを宣告されたとたんに胸がおののき、おそろしさに胴震いのする思いがする。四角な棺《ひつぎ》のような部屋、深海の底のような無気味な静寂、電話も鳴らず人と話もできず、このなかでたったひとり、ひたすら原稿紙のマス目を埋めていかねばならないのである。私の持病、自律神経失調症は何よりも孤独のおそろしい病気だから、私はこういうカンヅメ状況のたびに病気が悪化し、この八月も某社のカンヅメからわずか二日で脱走して来てしまった。

考えてみれば、孤独に耐えられないため十七で結婚し、死ぬ覚悟で離婚したあともすぐ再婚してしまった私に、孤独な状況でなければ仕事のできない作家という職業を与えられたとは何という皮肉だろうか。昔は、女流作家といえば大てい独身で、孤独に対して強い意志を持って立ち向かえる人が多かったけれど、このせつは私のように夫持ちの人もたくさんあり、夫との一体感と孤独感とのあいだをどうやって処理していられるか、一度聞いてみたいような気がする。

で、この妻の孤独を夫の側についていえば、妻を索莫《さくばく》たる孤独地獄に陥らせて気づかないような男は、最初から結婚の資格などないといっていいのではなかろうか。男は仕事、という大義名分を持ってはいるが、その男を支える妻の心が満たされないでいて、どうしていい仕事ができるだろう、といいたくなる。私はテレビの『女の学校』を担当し、妻の心の寂しさを思いやろうとしない男のケースにたくさん接してきたが、それは皆、「釣った魚に餌やらぬ」式の男の傲慢不遜《ふそん》から出たものだった。

男と女が夫と妻の関係になったとき、いちばん大切なのは、結婚を決意した原点にいつも立ち返るべきことではないだろうか。B子さんの場合のように、

「女房は友だちも多いし、結構楽しくやってる」

と皮相的な思い込みをするのは夫としての責任転嫁《てんか》も甚《はなは》だしく、またA子さんの場

合にしても、三人も子供を養うまで妻の心が察せられなかった夫のぼんやりも責めたいのである。

夫たるもの、女房に居心地のよい家庭経営を望むからには、その代償としてやはりたっぷりとおいしい栄養を与えるべきで、まちがっても妻の孤独などという栄養不良の状態に追い込んではならないのである。

補い合う夫と妻の家事能力

家事が大切か仕事が大切か

おもしろいもので、夫婦共働きの家事処理について熱心に討議するのは、結婚前か、結婚後も長くて七、八年、そのくらいのところですね。そのあとは自然に役割分担が定着したり、あきらめの心境になったりして、何となく習慣ができ上がってしまうもののようです。

ところで、日本の女性が西欧に較《くら》べて男性より地位が低いのは、飲酒と喫煙の習慣を持たないから、という迷説があります。でもこれは戦前までであって、近頃の女性は飲酒も喫煙も男性を上まわる実力の持ち主が多くなりました。その他の事実を考えてみても、女性は決して男性に劣るとは思いませんが、ただひとつ、家庭内の雑用を女性が専門に引き受けていることで、或《ある》いはその認識の上に立っていることで、女性の地位向上を大ぶん阻《はば》んでいると考えられなくもないと私は思います。

女性が仕事を持つことについて私は大賛成ですが、女性はおおむね、子供が生まれるまでは家事を自分一人で背負いこみがちとなります。お互いがお互いを底の底まで知り尽くして結婚する仲ならば話は別ですが、まだ未知の部分、恥じらいの部分を多く残してのスタートなら、当然女性はそれを武器ともたのむ料理の腕、家事処理の腕を見せたくなり、自分だけですべてを抱え込んでしまって疲れ果てることになってしまうのです。

夫婦共働きの家庭では、よい助っ人でもいない限り大ていの女性は息切れして、ある地点で仕事から手を引いてしまうようですが、男性のほうはほとんどが無事定年まで勤めあげ、なお体力的にも老年の再就職の余裕を残しています。これは明確に、男性が家事雑用の一切をせず、仕事一本やりで過して来たからだと私は見ていますが、逆にいえば女性だってこの条件が揃《そろ》えば男性以上の仕事はできるはずなのです。今は便利な器具もでき、家事など何ほどのことはない、と結婚前は思いがちなものですが、女性でも長く勤めたい、男に負けぬよい仕事をしたいとお望みの方は、やはり家事は二人の重要な問題として、いつも熱心に話し合う必要があるのではないでしょうか。

ところで私自身は、最初の子供が生まれるまでの期間を除き、今日までずっと仕事を持ってやって来ました。激務といわれる保育所の保母を七年、その他に編集者、公務員などの勤めから始まって、ルポライター、原稿のリライト、ドラマ書きなど家のなかでの仕事も含めて、もう何十年、家事専業主婦だった期間は一カ月とありませんでした。

古い話をしても参考にはならないかも知れませんが、この間、私がいちばん苦しかったのは二十代後半の、保母をしていた頃でした。家は姑《しゅうとめ》一人が少しの田畑を守っている農家で、私はその頃結核がなおったばかり、家の近くの保育所へ下の子供を連れて勤めていましたが、農家の女性というのは実によく働くのです。農業専業の女性は、男性とともに野良《のら》に出なければなりませんから、男性より一時間以上も早く起き、食事の仕度と洗濯をすませておかなければなりません。まだ洗濯機もない時代のことで、それに田舎は水道もないのです。

姑はこの農家方式を私にもいい、朝、勤めに出る前洗濯をすませ、夜は雑用を片付けておいて日曜日には野良を手伝ってくれるようにとのことなのです。保母は一日中立ち仕事の激務だし、勤めから帰れば井戸水を汲《く》みあげて食事の用意と風呂《ふろ》を沸かさなくてはならず、一週間たまった洗濯物は日曜日に一日がかりで竿《さお》に十二本も洗うような私の有様では、とうてい姑の要望にこたえることはできませんでした。

夫は教師でしたが、毎日何の用があるのかほとんど泥酔《でいすい》して帰るばかり、日曜日となればものの修理や力仕事の、男手でなければならない用事がたまっていて、これでは私の雑用を手伝ってもらうどころではありません。姑は働き者のためかちっとも男をあてにせず、忙しくなればよくこういっていたものです。

「人間は掃除洗濯しなくても汚れ死んだ話は聞かない。そんな一文にもならぬことはあとまわしにして先に仕事、仕事」

と。私はこの姑をいまでも尊敬していますし、その後も家事に追われて苛立《いらだ》ってくるとよくこの言葉を思い出したものでした。

補い合うこころが支える妻の家事

たしかに、共働きの家庭で、専業主婦のいる家のような行き届いた家事を望むのは少し無理だと私は思うのです。家事雑用ほど際限のないものはありませんし、また自分さえ了簡《りようけん》すれば手抜きはいくらでもできるものなのです。

私はこの夫にさまざまの不満を積もらせて二十年後に離婚し、二人の大きな娘を連れていまの夫と再婚いたしました。最初に私は、家事論議は結婚後七、八年と申し上げましたが、なおそれに老年になって再燃することもここでつけ加えましょう。

で、新婚後、女性は愛する夫に手料理を食べさせ、真っ白い下着とピシッとアイロンの利《き》いたワイシャツを着せたさに孤軍奮闘をいたしますが、最初の妊娠をすると様子が少し変わってきます。つまり愛情から夫も掃除洗濯に手を貸すようになり、ここで改めて家事があなどるべからざる敵と認識するわけです。それに出産後は育児も加わるのですから、何らかの態勢でも立てない限り妻はヒステリーになるか過労に倒れざるを得なくなります。
七、八年経《た》つと子供も少し楽になり、夫婦のお互いの特質、つまり夫が料理に案外な才能があるとか、片付けはダメだけど洗濯は巧《うま》いとか、また意外に買物上手で安くてよいものを見つけてくるとかがわかり、その分、妻のほうの能力は後退してもよいわけで、ちょうどよく補い合える状態になります。また収入も少しずつ増えてくる頃ですから、パートの方に頼んでもよく、子供に納得させて家事の一部を分担させるのも手なのでしょう。
共働きの場合、男性は年月とともに少しずつ地位が上がりますが、現状では女性の出世はわりと遅いようです。夫が係長になり課長になってゆくと、妻は以前のように、

「あなたァ、買出し行って来てェ」

などと気安く頼むのも気がひけるようになり、それなりにわきまえてなるべく妻の側だけで家事を処理しようとします。

私の場合、再婚後は娘二人がよく手伝ってくれてほとんど問題なく過しましたが、二人とも嫁いでしまったあと、夫と私は家事を日曜日にまとめて分担処理してきました。どんなに汚れてもウイークデーは手をつけず、という原則が守れたのは不意の来客のない都会生活の有難さだったからでしょうか。しかし、日曜日にまとめて処理すると、量が多くなるだけに二人ともすっかり疲れ、月曜日のペースが狂うのは私も同じこと、それにこう決めておくと日曜の外出もできません。二人とももう中年も終わりに近くなっており、そこで話し合って、現在はパートのお手伝いさんにこれらを処理してもらっております。

こう考えてくると、言葉は悪いけれど結婚当初から、女性は夫をひたすら飼育することによって生涯の安楽さが得られるといえましょうか。女性はいいところを見せようとする感傷を捨て、二人共通の問題として最初から男性を家事に馴《な》らしてゆけば、意外に男たちも家事に適応する能力を持っているものなのです。初めから断固習慣づけておけば、夫は課長になっても部長になってもテレることなくずっとやってくれるのではないでしょうか。げんに私の家では、夫が卵焼きについて卓抜した技術を持っているのを発見し、これは大いばりでお客様にも披露しております。

働く女性にとって大きな負担となる家事雑用を、単に物理的処理をするだけにとどまらず、相手の男性も一緒に精神加担してくれるだけでもどれだけ楽になるか、この辺りがほんとうの男女同権のポイントになりそうです。

悪妻という名の女の伝説

夫婦の問題は共同責任

私のように、満十七の年からもう三十年以上も妻の座にすわっていると、夫婦の嚙《か》み合わせというもののからくりが何となくわかってくる。

つまり夫婦間の問題はすべて二人の共同責任であるべきなのに、「悪妻」などという言葉を作り出してそれを隠れみのにするのは、ずるい男たちの世間に対する一種の対策であるように思う。その証拠に、女の側からの「悪夫」といういい方は聞いたことがないのである。

とくに文豪といわれる人たちの妻は、夫によい仕事をさせるために、世間普通の妻よりもずっとずっと気をつかって暮らさねばならなかったが、にもかかわらず、古今東西悪妻の名のほまれはやはり作家、文学者などもの書きの妻に断然多い。私も同じ職業の端に連なる人間だからよく理解できるが、終日机に向かい、自分の頭のなかを食い荒らすようにして仕事をしなければならぬ人間にとって、同居人の一顰一笑《いっぴん》がどれだけ神経にこたえるか、はかり知れないものがある。

現代日本の文学者のなかでも、平野謙さんならずとも、

「趣味は、夫婦ゲンカ」

と答えるひとは珍しくなく、また夫婦間の冷戦中がいちばんよい仕事ができるというのも、作家は絶えず闘争心を掻《か》き立てていなければならぬ要素を持っているせいなのであろう。

ところで、もはや伝説化している文豪の悪妻物語といえば、東西の両雄としてソクラテスの妻クサンチッペ、夏目漱石《そうせき》の妻鏡子などがこんにち人の口の端に伝えられている。

ソクラテスは古代ギリシャの哲学者で、「ソクラテス以上の賢者なし」という神託を受けて人間研究に独自の哲学を打ち立て、後年は家業を顧みず窮迫した生活の果て、〝青年を腐敗させた〟かどで処刑されたひとである。彼自身は自分のことについては何も書き残さなかったが、弟子たちの手でそれぞれ師の強烈な印象は記録されており、クセノポーンの『ソクラテスの思い出』などは師の言行をよく捉《とら》えているという。思

うに、クサンチッペはこの弟子たちのあいだに評判が悪かったために、わがままで気の強い一面だけを強調されたふしもあり、実は案外見かけだおしの他愛ない悪妻だったのではなかったかと思われる。

それよりも、もう少しリアルに夫との葛藤《かっとう》を演じたロシアの作家トルストイ、プーシキンの二人の夫人はどうだろうか。

トルストイはご存知ドストエフスキーと並んで十九世紀ロシア文学を代表する巨匠で、既に『復活』や『戦争と平和』や『アンナ・カレーニナ』などで日本にも多くの読者を持っている作家であるが、宮廷医ベルスの娘、十八歳のソフィア・アンドレーエヴナと結婚したのは三十四歳のときだった。結婚直後は、

「結婚生活の幸福が私を呑《の》みつくしている」

と書くほど幸福感に浸り、結婚翌年に長男セルゲイを挙げたのを始め、およそ二十五年に、夭折《ようせつ》した子供まで含めると総計十三人の男女をもうけたといわれている。

この夫婦生活に大きな溝が生じたのは結婚後十数年、トルストイが私有財産の所有をすべて否定しはじめた頃からで、これらを悪とし、罪とみるトルストイと、一般常識の世界に生きるソフィアとの間に、猛烈なくいちがいが起こるのは当然のことだったろう。自ら一農民になることを決心し、なれぬ手つきで靴つくりを始めたり、体中

肥料だらけにして悪臭で家人を悩ませる彼は、息子たちの教育、社交界に出る娘たちのことで頭がいっぱいのソフィアとのあいだの齟齬《そご》に悩み、しきりに死を口にし、そして第一回の家出未遂までやってのけたのである。

彼は、自分の作品の版権まですべて公的機関に寄付しようとしてソフィアの猛反対に合い、結局一八八一年以前の著作権は妻にゆずることになり、以後は精力的な妻の手で著作集を刊行することになった。が、晩年の彼は自説の実践にあせるあまり、ついに妻の手からその版権も取り上げて自作の出版、上演、翻訳の自由を世界に向かって宣言した。ソフィアはこのとき鉄道自殺までしかけ、以後、ヒステリー女といえばほとんどソフィアの代名詞となるくらい、夫との凄絶《せいぜつ》な争いが続き、トルストイは遂《つい》に四十八回目の結婚記念日のあと最後の家出をし、アスターポヴォの小さな寒駅で八十二歳の生涯を閉じるのである。

ソフィアは五十二歳のとき、三十歳のタネーエフという若い作曲家と恋に陥ったりもし、また随分嫉妬《しっと》深くて死ぬまでトルストイを悩ませた、と世の非難は彼女に集まるが、これはひとつにはトルストイの独善的な思想にソフィアがついてゆけなかったことと、またもうひとつには子供可愛《かわい》さ故《ゆえ》の、母親の姿むき出しの人生観を持っていたためかと思われる。

夫を決闘に追い込んだ妻

いま一人のプーシキンは、もとはといえば『エヴゲニィ・オネーギン』などで知られる詩人だが、のちに散文小説にも筆を伸ばし、『ベールキン物語』『スペードの女王』『大尉《たいい》の娘』などの名編は、私など女学校時代に好んで愛読したものである。

プーシキンは没落しかかった古い貴族の生まれ、首都ペテルブルグで外務省に勤めながら遊蕩《ゆうとう》生活のあけくれで、二十九歳のとき美少女ナターリアに出会い、夢中になってしまう。が、ナターリアの母親が結婚を許さず、以後この母親に金を贈るためプーシキンは金策のために駈《か》けずり廻り、やっと結婚式を挙げられたのはプーシキン三十一歳、ナターリア十九歳の春だった。

このナターリアは三人姉妹の末娘で、上二人は不美人だったのにくらべ、天性の美しさに恵まれ、社交界に出るとまもなく「舞踏会の女王」という名をもらったといわれている。少女の頃から社交界をはなやかに泳ぎ歩き、大ぜいの男たちにもてはやされ、そのなかには時の皇帝ニコライ一世までいたという。

が、性格的には少しもしっかりしたところがなく、自分の母親と夫との絶えまない口論にも中に入ることさえできず、ただ傍《そば》でおろおろするばかりだった。家計を切りまわす腕もなければ浪費する一方だったから、プーシキンはいつも経済的負担に苦しめられ続けたという。

その上、結婚三年目にはナターリアを宮廷舞踏会に出入りさせるためだけに、年少者の就く侍従職の地位を皇帝から与えられ、国民詩人の栄誉を持つプーシキンはこの屈辱にも耐えねばならなかったのである。

プーシキン三十八歳の一月、遂に彼の生涯を決する日がやってきたが、それはナターリアを追いまわしていた若い近衛《このえ》士官ダンテスとの決闘だった。決闘といえば互いに白い手袋を投げ合い、最も男らしい決着のつけかたとしてよそ目には恰好《かっこう》よく見えるが、実際にはこのとき、プーシキンはナターリアとのあいだに二男二女を残し、ダンテスに撃たれた傷で二日後には絶命してしまうのである。

前年の十一月、プーシキンはフランス語で書かれた匿名《とくめい》の手紙を受け取り、それは、「今回われらコキュ同盟は、プーシキン氏を会長補佐兼記録幹事に指名することを、満場一致で可決せり」

というもので、コキュとは女房を寝とられた男を指し、男にとってこれほどの侮辱はないのであった。

プーシキンはすぐ決闘を申し込んだが、このときはダンテスの養父ヘッケーレン男爵《だんしゃく》になだめられ、ダンテスとナターリアの姉エカテリーナとを結婚させることで一応事態は落ち着いたが、翌年ふたたびプーシキンは匿名の手紙を受け取ることになる。それは、結婚後十日と経《た》たないダンテスがまたもナターリアと逢《あ》いびきしている現場を詳細に記したものだった。

一八三七年一月二十七日午後五時、プーシキンは将校のダンザス、ダンテスはフランス大使館員ダルジャック子爵を互いに介添役に立て、六カ条にわたる文書を取り交わしたあと郊外の高台チャルナーヤ・レチュカの丘の上に向き合って立った。撃ったのはダンテスのほうが早かったとみえ、プーシキンは雪の上にくずおれるように倒れたが、気力を取りなおし、

「待て、まだ撃てる」

と叫び、ダンテスに狙《ねら》いをつけて引き金を引いた。

ダンテスは上膊《じょうはく》を貫かれたが命に別条はなく、プーシキンは下腹部を撃たれて二日間苦しみ抜き、二十九日の正午息を引き取った。死の床でプーシキンは最初ナターリアに会うのを拒んでいたが、最後には彼女の手から黒苺《くろいちご》のブランデー漬を食べさせてもらったという。

以上、史上に残る二人の文豪の悪妻は、どちらも夫を苦しめ抜いた挙句、妻の言動が原因で夫は命を落としたように伝えられているが、果たして事実がその通りであったかどうか、またそれが決定的な不幸といえたかどうか、それは当事者だけにしか答えられない問題なのではないだろうか。

悪妻という名の良妻

さて話は日本に戻って漱石夫人に移るが、私の女学校時代、国語教師から、「夏目漱石の奥さんはほんとうに悪い妻でした。もし彼女が良妻であったなら、漱石はもっと長生きし、もっと多くの傑作を残していたでしょう」ときどき聞かされ、悪妻とはどんなふうに？　と興味を抱いたものだった。

漱石の人気は今日までも衰えず、その私生活に関してもおびただしい本が出されているが、それらを拾い読みした限りでは、私が少女の頃抱いた興味を充《み》たされるものはあまりなく、つまり悪妻たる要素に甚《はなは》だ乏しいのである。これはかの国語教師をはじめ、漱石ファンが彼を敬愛するあまり作り出した憶説にすぎず、夏目鏡子などかえって、神経質な文士の犠牲者だったのではないかと思えるふしがある。

鏡子は貴族院書記官長中根重一の長女として生まれ、当時松山で教鞭《きょうべん》を執っていた夏目金之助と見合い写真交換のあと、牛込矢来町の中根家で見合いをしてから熊本五高に移った漱石を追って熊本の地で結婚式を挙げた。実家で書生三人、女中三人、抱え車夫一人という生活を送っていた彼女は新婚旅行を終えるとすぐ病臥《びょうが》し、まもなく最初の妊娠、流産、と精神的に不安定な状態が続いて、六月のある朝、白川に投身、自殺をはかるのである。一種のヒステリー症であったらしい。

彼女自身の回想記によれば、

「私は昔から朝寝坊のたちで、朝早く起こされると頭が痛くて一日中ぼうーっとしていることが多いのです。ですから、ときには夫に朝御飯を食べさせないで学校へ出してしまうことも少なくありませんでした」

というくらいだから、現代のサボリ主婦の走りくらいには見られ、周囲の評判はどうも芳《かんば》しくなかったようだった。

長女筆子が生まれ、次女妊娠中に漱石はロンドンに留学するのだが、この辺りが夏目家にとっていちばん生活が苦しかったらしい。漱石も外地で神経衰弱に陥り、筆不精の鏡子をしばしば叱《しか》ったり、友人からは日本に向かって、

「夏目狂せり」

などという電報を打たれたりしているから、後年精神病と噂《うわさ》された下地は、この頃からあったものとみえる。

漱石が日本に戻り、東京に居を定めた頃からときどき狂的な発作が起こるようになり、何かといえばすぐ、

「お前は中根家に帰れ」

と鏡子に詰め寄るようになったが、二男四女を挙げた鏡子もまた妊娠のたびごとに、ひどいつわりとヒステリー症状に悩まされたというから、こういう家庭不和の状態から悪妻の伝説は生まれたのではなかったろうか。

悪妻の挿話のひとつとして、漱石が作家になってのちこういう話がある。

鏡子は一日春陽堂へ夫の印税を取りに行き、帰りのタクシーを頼んだところ、小僧がもみ手しながら、

「奥様、これから三越へお買物ですか」

といった途端、鏡子はプッと不機嫌になった。その夜、夏目家から電話があり、即刻責任者が来い、といわれ番頭が出向くと、玄関からでなく勝手口から上がらされ、怒気を含んだ漱石からは、さきほどの小僧の言葉が指摘されて、

「我が夏目家では、お前ところの印税ですぐ買物をするような、そんなケチな暮らし

はしておらん。以後出入りは差し止めるからそう思え」

というきついお達し、そこで今度はすぐさま主人和田氏が参上して平謝りに謝ったが、漱石は許さなかったという。

この結果、版権は大倉書店に移り、春陽堂は今までの分の一部増刷しか認められず、その上当時の漱石の印税率は三割五分だったから、春陽堂は一円の本を売って一銭の利益しかなかったそうであった。

この話は鏡子の気位の高さを物語るものだろうが、こんにちでも人気作家の作品を欲しいと思う出版社は、まず夫人のほうから狙えといわれているだけに、鏡子ひとりを非難するには当たらないと思う。私はむしろ、鏡子がヒステリーではあったかも知れないが、男狂いのひとつもせず、漱石の離人癖、妄想などが病気の一種と判《わか》ってからは、一生夫の世話をしようと決意した鏡子に良妻の素質を見るのだがどんなものだろうか。

日本で悪妻の列伝に残るひとはといえば、実話物語を書くときの筆名が谷譲次、現代小説は牧逸馬、大衆文芸で林不忘、と一人で三役を使い分けていた『丹下左膳《さぜん》』の作者の夫人和子、また直木賞で名高い直木三十五の夫人仏子須磨子《すまこ》、など挙げられようが、この夫人たちはいずれも夫の仕事のマネージメントの手腕に長《た》けていたがために、悪妻のレッテルを貼《は》られたと思えるところがある。

ちょっと陰惨なのは、妻に捨てられた国木田独歩、萩原朔太郎《はぎわらさくたろう》などだが、独歩の妻信子は矯風会の幹事佐々城豊寿の娘だっただけに、生活力のない夫を見限って失踪《しっそう》、独歩はその妻を題材にして『鎌倉夫人』を書いたといわれている。朔太郎夫人稲子は、夫とのあいだに二女を挙げてのち、ダンスに凝ったのがもとで家も夫も子も捨てて若い青年と出奔した。

これらはいずれも一時代前の話だから貞淑が理想の日本女性のタイプからはみ出したための世の批判かとも思われるが、それにしても、作家の妻というのはなみ大ていの勤めではなく、悪妻といわれて普通、むしろ良妻というほうが稀《まれ》だったのではなかろうか。いたましくも同情の念しきりなのである。

劣等感ゆえの思いやり

劣等感を生かす知恵

いまも昔も縁組というのはめんどうなものだが、世間の智者《ちしゃ》たちが戒める結婚の条件に、「嫁は下からもらえ」というのがある。

これは、地位や経済力も含めての両家のつりあいをさしているのであって、金持ちの娘を貧乏人がもらえば嫁は一生実家の格を鼻にかけるため扱いにくいものだけれど、この逆だと、すぐに婚家先の家風になじみ、従順なよい嫁になれるという意味なのであろう。つまり、舅姑《きゆうこ》や夫に対し、実家というひけめを持つ嫁は婚家先を大事にし、万事につけよくつとめるという例が多いのであろう。

ま、これは個人よりも家を大切にした時代の、経験者たちから出た知恵だろうが、しかしまたもうひとつ考えてみれば、この言葉が現代に生きていないとはいえなくもないのである。ひけめや劣等感は、性格をゆがめたり萎縮《いしゅく》させたりする反面、それが生きてゆくためのファイトや人に対する思いやりとなって大いに効きめをあらわしている場合も多い。

私など、子供の頃から劣等感のかたまりのようなものだったが、世間に対するものは別とし、夫に対して昔から抱き続けている大きなひけめには、私の病弱という点がある。

小さいときから少し心臓が弱く、そのせいかどうか、いわゆるお天気病というやつにいつも悩まされ、曇天は頭痛、雨は体じゅうが痛く、夏は夏病みで冬は寒さが人一倍こたえる。大げさにいえば今日まで五十年生きてきた月日のなかで、体調は上々、病気の予感も一切なし、という日は数えるほどしかないのである。こういう人間が結婚生活に入ったとき、心身ともに健康な女性を百点とすればせいぜい六十点程度で、いきおい家事や夫の身のまわりにも手がまわらなくなってくる。

それに、ときどき夜中に動悸《どうき》がするため、夜一人で寝ることがとても不安で心細く、夫が出張で留守のときは誰かに泊まりにきてもらうという慣習が若い頃からずっと続いている。

病弱の劣等感が生む思いやり

長い結婚生活のあいだには、夫も自分のことは自分でやるようになってきているものの、出張しても絶えず家に電話を入れ、所在を明らかにしておかなくてはならぬのでは気の休まるときもないのであろう。また夫婦ともに病弱で互いにいたわり合うというかたちならともかく、夫は健康そのもの、機械のように毎日の習慣を反覆して昼間床につくことなど全くない人なのである。

ただ私の場合、何々と病名のつくような決定的な病気はないし、ときどき入院はしてもほんの二、三日程度だから家に暗いかげはなく、夫も平気で「病妻を持つつらさ」を笑いながら口にするだけ救いはある。もしこれが、不治の病にとりつかれた先細りの病人なら、家の中の様子は随分と変わっていたにちがいない。

が、それにしても、家庭の平和は主婦の健康が第一条件なのだから、病気知らずの妻を持った夫と、ぐずぐず病の妻をかかえた夫との差は大きく、それがよくわかるだけ、私も夫には生涯頭が上がらないのである。しかし神様はよくしたもので、妻のひけめがメリットとなる場合もあり、それは私が夫の健康に対し、こまかく注意深くチェックできるという点が挙げられるのではないだろうか。

機械のように健康だとはいっても、年月使い古せばやがては故障の生じることもあろうけれど、その日がなるべく夫の身にやってこないよう、毎日の食事や睡眠、健康管理に私はできるだけ気をつかう。最良の看病人は、その病気の予防や日々の摂生に対する注意も、病気経験者なればこそできるつとめだといえようか。

病弱者は一体に臆病《おくびょう》で消極的だから、今日まで私たちはこれといったケンカをしたおぼえもなく、家の中に格別事件も起こらないが、これもひとつには私が病弱の劣等感を持つゆえに生まれた平安、といえば少し思い上がりになるだろうか。

自分を貫く女の姿

内面に秘めた自我を貫く

ずっと昔、私が地方の婦人学級や青年学級などを講演してまわっていた頃、話のなかみに必ずといっていいほど周五郎作品に登場する女性像を使い、それはまたよく受けたものだった。

とくに『日本婦道記』の「松の花」や「不断草《ふだんそう》」など短編のあらすじを枕《まくら》にすると、大ていの聴衆はまず感動と共感を示してくれ、互いに納得が成り立って話がすすめやすかったが、のちに私は一部のひとたちから、講演内容について「後ろむきの話をする」という批判を受けた。つまり、男に奉仕するだけの、全く自主性のない女とか、いわゆる烈女節婦のたぐいは現代ではむしろ罪悪というわけで、それを核にして聴衆を煽《あお》る私は保守反動のタマ、と決めつけられたという次第である。

これは一に私の話下手のせいなのだが、世間には周五郎作品がいまだに大きな人気を保ち続けている反面、こんなふうに故《ゆえ》ない誤解を抱いている人もなきにしもあらずなのである。彼の描く女は一見古風に見えるものの、その実強い自我をいつも内にかくし持っており、柔よく剛を制して、まわりをなだめながら最後には自分を貫くというタイプが多い。

たとえば、テレビでも一度劇化された「不断草」の場合をみると、お家騒動の累《るい》の及ぶのを防ぐため、理由もなしに離別された菊枝はその後、失明した姑《しゅうとめ》が一人不自由な暮らしをしていると聞き、実家と義絶の上、名をいつわって姑のもとに下女に住み込む。以前、姑の好きだった唐ちさ、またの名を不断草という菜を庭にまき、賃機《ちんばた》を織りながら姑の身の廻りの世話をしているうち、旅で病臥《びょうが》している夫からの便りを代読するところで姑ははじめて、

「私がお前に気づかなかったとでも思っておいでだったの」

と明かし、改めて嫁として菊枝を夫の看病に旅立たせるのである。

私はこの短編を読みかえすたび、この場面にくるとどういうわけかいつも涙腺《るいせん》がゆるみ、我にもあらず鼻をすすりあげる。思うにこれは私のみに限らず、世がどう変わろうと女と生まれたからには夫、姑とも終生よい関係を保ち続けたいという願望と悔

悟の涙であって、実家を出てまでそれをなし遂げた菊枝のしんの強さに対し、深いあこがれのためいきと心からなる喝采《かっさい》を送ると同時に、夫婦喧嘩《げんか》や姑とのいざこざの絶えない我が身の日頃のふがいなさをさめざめと悔むのである。

周五郎はこの点、人の心の深奥《しんおう》を見極めるのに実に巧みな作家であり、社会的背景と小道具を使ってとくに女心の真髄を彫り上げてみせる。菊枝はけなげで一途《いちず》で心やさしく、お家騒動の波をかぶりながらも、唐ちさを入れたたね袋を身辺から離さず持っていて、とうとう初一念を貫くのだが、周五郎作品にはこういう感動的な場面、ほほえましい情景がいっぱいちりばめられていて、素人《しろうと》が読んでいてもふと、これを単に活字のままでおいておくだけでなく、実際に生身の人間を使って舞台に再現してみたい欲望に駆られるときがある。

まして千軍万馬の芝居の玄人《くろうと》たちがこの好素材を見逃すわけはなく、今回『柳橋物語』を「おせん」に仕立てて舞台に上げているが、これはおそらく、観客たるわれわれ女性がいちばんそれを望んでいるという何よりの証拠なのではないだろうか。

天与のやさしさが道をひらく

数ある周五郎作品のなかでも、とくにこのおせんは代表的女性像の感があって、文章の最後、芝居でもたぶん最終と思われるシーンに迫力がある。こまかい筋は省かせて頂くが、心の清らかなおせんという娘が貧乏にも災難にもめげず、拾った子の母親となって明るく生き抜いてゆくという、醒《さ》めて考えればちょっとあり得べからざるような話なのだが、これが目《ま》の辺り、役者の動きを見ていると次第に深い感動に捉《とら》われてゆく。

最終シーンというのは、昔いい交わした庄吉に、何もわけのありはしない幸太との仲を疑われ、その子が幸太との子でなかったらもとのように捨ててこい、といわれ、捨て切れず、庄吉と別れることになる。五年ののち、自分の誤解を詫《わ》びにやって来た庄吉に向かっておせんは、

「いつかあなたの言ったとおり、私と幸太さんは深い仲だったの。あの子は幸太さんと私のあいだにできた子よ。その証拠に」

と立って仏壇のなかの幸太と、それに並べて朱で書いてある自分の位牌《いはい》とを見せ、肩を落として庄吉が帰ったあと、仏壇に向かって、

「これでいいわね、幸太さん。これでようやく幸太さんとほんとうの夫婦になった気持ちよ」

と沁々《しみじみ》述懐するのである。

このときの感動というのは、生娘のままのおせんがまことに明るく、きっぱりと「この子は私と幸太さんの子よ」といい切る意地とけなげさにあって、幕が下りたあと、女性観客の多くは安易な自分の日常に対し、多かれ少なかれ反省めいたものを抱かされはしないかと、私自身の気持ちに較《くら》べてそう思う。もしおせんが自分だったら、ひたすら庄吉を待って耐えてきた苦労をまず相手に知ってもらいたいし、誤解もときたく、大きな損をしてまで生娘で一生通す決心など、とうていつき難く思えるのである。

周五郎の女は、たしかに自己犠牲の精神と日本固有の義理固さに富んでいる故に、一部の読者から反動呼ばわりもされるわけなのだが、もし菊枝やおせんがほんとうに保守的な女であったなら、与えられた境遇から一歩も出ず、自分の運命をくやみ嘆いたまま死んでしまっていたことであろう。彼女らは、女に与えられたやさしさという天性を武器にそれぞれの道を切りひらき、最後には自分の手でしっかりと幸せを手にしている点、理屈ばかり多くて他人をあてにしがちな一部の現代女性より、はるかに自主的な生きかたとはいえないだろうか。

最後につけ加えておくと、周五郎は生前、作品の劇化を嫌ったといわれるが、これは彼が生み出した女のイメージを傷つけられるのを何よりも恐れたためかと思われる。が、彼がもし現在存命で、この「おせん」の舞台を見たとしたら、文句なし主演女優の十朱《とあけ》幸代《ゆきよ》さんに拍手を送るにちがいないと思う。

若い十朱さんは役に雰囲気がぴったりであるばかりか、周五郎の女独特のかわいい言葉使いを巧《うま》くせりふのなかに溶かしこみ、見事におせんを演じ切っている。原作の底流にある新しい女性の生きかたと、新鮮な現代女性十朱さんが重なり合って、周五郎作品はうまく具現され、活字にはない立体的な迫力をそなえたように思われる。

もう一つの出発《たびだち》

身ひとつで生きる

ぎりぎりの人生をどう生きるか

読者のなかには既にごらんになった方も多いと思われるが、脚本菊田一夫、主演森光子で『放浪記』という、とてもいい芝居がある。

この芝居は、林芙美子《ふみこ》が私生児として生まれ、母と義父との三人で転々と行商をしていた前半は省かれ、芙美子上京後、カフェの女給をしながら何とか世に出ようとしてあがいている姿と、功成り名遂げた晩年とを描いたもので、見せ場のたっぷりある五幕九場の重量感のあるものに仕上がっている。初演は昭和三十六年の十月〜十二月、東京芸術座で幕が開けられたが、続いて翌年一月名古屋名鉄ホール、二月大阪梅田コマ、三月〜五月まで凱旋《がいせん》公演でまた芸術座という異例のロングランを続け、その後四十六年三月〜四月、四十九年三月〜四月には再演、再再演になったものである。

私が見たのは四十六年の再演のときで、恥ずかしいことに見ながらどうしても涙が止まらなかった。傍にいる友だちがさし出す新しいハンカチがすぐぐしょぐしょになるほどに泣いているのだった。とくに、貧乏のどん底を這《は》いずり廻り、男にはたびたび捨てられながら、なおかつ小説に執念を燃やす芙美子の姿には、どうやら自分の投影を見ているような悲しさがあった。当時私は、十年ほど前に女流新人賞をもらいはしたものの、その後書いても一向に芽が出ず、無一文のまま東京に出て来てやむなくさる会社のPR誌編集者をしているところだったのである。志を抱いたまま、食べるために空《むな》しい仕事をしていると思っていた私にとって、この芝居はどれほどせつないものだったろうか。

芝居だけでなく、私と林芙美子の関《かか》わりには濃いものがあって、『放浪記』を初めて読んだのはたしか中学二年のときだったが、このときはまだ世の中を知らず格別不自由なく暮らしていたせいか、さしたる感動はなく、むしろ、

「貧乏って楽しそうだなあ」

ぐらいの感想しか持たなかった。

その『放浪記』がだんだん身近に迫り、心のよりどころともなってきたのは身ひとつでの満州からの引き揚げ、結核、離婚、貧乏の苦しみを一通り嘗《な》めるようになった

頃からである。私は絶望に陥りそうになるとよく『放浪記』や、『清貧の書』や、『風琴と魚の町』などの、彼女が体当たりで書いた初期の作品群を取り出しては読み、そのたびに勇気づけられたものであった。今でこそ作家には名士や大学出の、頭で書くタイプの人が多くなったけれど、昔はさまざまの劣等感を抱えた人間が書くという風潮があり、とくに林芙美子のような、生きるぎりぎりの限界でのたうち廻った作家が体そのもので書く作品は、悩めるものをどれだけ力づけたかはかり知れないほどのものがある。

苦労を人生の試練として

ところで先日、若いひとたちとおしゃべりする機会があって、その席上私が、

「昔はね。病気と恋とお金の三つの苦労をしないと、人間として一人前じゃないっていわれたものよ」

というと、たちどころにナンセンス！　と指が鳴り、

「そういうものにもろにぶつからないよう、頭を使うのが現代人じゃないですか」

と反撃された。

つまり現代は、予防医学が発達している故《ゆえ》にやむを得ぬ不運を除けば大てい平均寿命までは健康でいられるといい、貧乏も最低線は生活保護法で守られて飢え死にからは免れるし、仕事を選ばなければ食ってもゆける。恋はゲームの一種だから駆け引きを楽しめばいいのであって、深刻なのはごめんこうむりたい、という言いぐさなのだった。

たしかに戦争を知らない世代は、昔の、死にもしないが生きてもゆけぬ、というほどの貧乏や、ほとんど恢復《かいふく》の見込みの立たない結核などを知らないし、また知らなくても現代を生きてゆけるのだけれど、しかし一面、私は「若いときの苦労は買ってでもせよ」という言いつたえはやはり一つの真理であると思う。苦労のために歪《ゆが》められ、卑屈になる人もないではないが、苦労は人間として当然受けるべき試練とは考えられないだろうか。

私など、生来大へん短気でわがままものなのだが、若いとき結核と心臓病を患《わずら》ったせいでじーっと焦《あせ》らないで恢復を待つ、という我慢の態度をいくらかは身につけたし、また二度にわたってのどん底生活でお金の有難さがよく判《わか》った。恋だって決してゲームと考えたことはなく、結構失恋もして泥沼でのたうち廻った経験もないとはいえない。今は、若い人たちが望めばある程度は叶《かな》えられる世の中になったし、自らあえて苦労を求めよとまではいわないが、苦労を恐れて予防線を張るよりも、一度はぶつかってそのあとの経験を自分の血肉とする生きかたにより共感を感じるのである。

林芙美子が男たちに捨てられるあいだには、それこそ山のような自己嫌悪《けんお》や相手への呪《のろ》いや、厭世《えんせい》や虚無感に責めさいなまれたであろうし、またいまに残る憶説には金に困ってたった五十銭で男と寝たという話もある。彼女が流行作家になったとき、悪意に充《み》ちた過去の暴露は随分とささやかれ、ひろめられたらしいが、それをいう人は食べる心配もなく、雪の日に自分はぬくぬくと炬燵《こたつ》に入り、雪道で難渋する人をあざわらうに似た行為とはいえないだろうか。

彼女が若い頃病苦に悩んだ話は聞かないが、晩年になって心臓をわずらい、周囲の人が仕事をセーヴするようすすめても歯牙《しが》にもかけなかったといわれ、死ぬ少し前の某社の対談には、両側から人に抱えられてやっと会場へ赴いたという様子を、私は何かで読んだ記憶がある。彼女はきっと、血肉となった多くの体験を短い生涯に噴出し尽くしたため、自分の体など顧みる暇もなかったものであろう。

彼女の生きかたについては、いまなお野心のかたまりとか、名誉欲の権化《ごんげ》とかのレッテルが貼《は》られているむきもあるが、氏も素性もない人間が、一歩踏み誤れば死ぬしかないぎりぎりの限界を張りつめて生きてゆくには、これしかなかったのではないだろうか。

芸術座の芝居は、すぐれた脚本、主演女優の演技もあろうけれど、再再演のこんにちでもなお連日小屋を満員にし、人気を呼んでいるのは、観客のなかに林芙美子の生きかたに共鳴する何かを大いに含んでいることの、何よりの証拠だとはいえないだろうか。

ひとり生きるときに

女の坂道五十年

私はいつもいったい私の原稿をどんな方が読んでくださっているのかなあ、と必ず考えます。

編集方針からすれば若い方たちのようですが、案外私ぐらいの年配の読者もいらっしゃるのかも知れないし、またしあわせな人ばかりでなく、つらい悩み事を抱えてあまり明るいとはいえない人生を送っていられる方もあるのかも知れません。職業で分ければこれもまたさまざまでしょうが、ひょっとするとこのなかにはバーやキャバレーなどの、いわゆる水商売の方たちもいらっしゃりはしないか、とふと考えることがあるのです。

いいえ、いらしても私はべつに何も申し上げることはなく、ただ私自身の育ってきた昔の世界をぼんやりと頭に思い泛《うか》べるだけなのです。私は高知の花街に生まれ、身のまわりにたくさんの、こういう職業の女性の生きかたを見てきました。戦前まで水商売の女性はほとんど前借金によって体を縛られ、全く自由のない生活でしたし、また一般の女性とは大きく差別され蔑《さげす》まれていましたから、現代のそれとはがらりとおもむきの違ったものでした。

いまからお話申し上げる女性は、私が、雑誌『海』に連載した長編『寒椿《かんつばき》』に登場する人物で、芸名久千代、本名民江、通称たん子という、小学二年のとき三百円で私の家に売られてきた女の子だったのです。

この子は生まれつき少々頭が弱く、それにひどい斜視でしたからいつもまわりからバカにされ、一つ年下の私ともよくケンカしたものでした。

たん子は、相撲取りくずれのやくざな父親のために満十三歳で客を取らされ、十四歳で満州にまで売られたのち、五十一歳のこんにちまでなおこの仕事を続けているという経歴の持ち主です。ところで、昔の水商売の女性はまず舞や三味線の芸のできることが第一条件だったのですが、この芸の稽古《けいこ》というのはなかなかにきびしいもので、折檻《せっかん》などは当たりまえ、ときには食も与えられず餓死寸前まで鍛えに鍛えぬかれることもあるのです。このしごきに耐えかね、大ていは芸を途中で投げ出し、体だけで稼ぐ安易さに落ちてゆくのもこれは仕方のないことだったでしょう。

私は結婚後たん子とは消息が絶え、三年前、ほとんど四十年ぶりに再会したのですが、何もかも昔のままだったなかでたった一つ、たん子が長唄《ながうた》と小唄の名取りとなって師匠をしていることにはたまげるほど驚きました。昔、頭の弱かったたん子が三味線をおぼえるのにどれだけ遅く鈍かったか、あらゆる体罰もこの子には何の効きめもなく、ときどきは師匠のほうが泣きだして、

「たん子、お前どうしてそんなに覚えがわるいの？ 私を助けると思って早くおぼえて頂戴《ちょうだい》よ」

と懇願した話も残っているだけに、この結実には私はしんそこ頭の下がる思いだったのです。

一夜、私はたん子のその後の事情を話してもらいましたが、いまだにあまり冴《さ》えているとは思えない口調で、

「うちはねえ、男はもう当てにはならんと思ったから、三味線に打ち込んだの。三味線ならうちを裏切らないしね」

としみじみいうのを聞いて、たん子五十年の長い坂道を思ったことでした。

たん子に限らず、水商売の女性が三味線を捨てたらもう駄目、とはよくいわれます

が、これにはさまざまな意味があるようです。商売とはいいながら、若い日には色恋沙汰《ざた》も結構おもしろいでしょうけれど、中年過ぎて鏡をのぞくのも恐ろしくなったとき、果たして男たちがどれだけ心の支えになってくれるでしょうか。たん子だって、花盛りの時代にはさる映画俳優の愛人となったこともあるし、客ともう目も見えぬほどの恋に陥《お》ちた経験も持っています。数でいえば、記憶もうすれるほどたくさんの男たちがたん子と関《かか》わりを持ち、また遠ざかっていったのでしょうが、そのなかで得たのは「三味線だけはうちを裏切りはしない」という悟りだったのではないでしょうか。

長いOL生活で見失った愛の心

芸に打ち込むのはこういう玄人《くろうと》だけでなく、最近では一般の奥さん方も三味線教室に入り、

「主人が死んだら私は老人ホームに入り、三味線をひいて楽しみます」

という人がふえているそうで、そういえばゆったりした有料老人ホームなどで三味線の音が聞こえてきたりすると何となく、

「こういう老後もいいなあ」

と感じさせられたりします。ピアノなどと違って、手軽にどこへでも持ち込めるし、また音も騒々しくないところが受けているのでしょう。

ところで、女ひとり生きてゆくためにはどうすればいいか、という疑問に対して、大ていの回答は、

「気をまぎらわせるために、何か打ち込める仕事を持ちなさい」

という公式的な、ごく大ざっぱなものが返ってきます。

誰でも生きてゆくためには働かねばなりませんが、私はしかしこの回答がすべてではないと思います。むしろ、仕事によってはかえってスポイルされる場合もなきにしもあらずですから、こういう際は、〝あなたの心から愛することのできるものを見つけること〟というのが適切ではないでしょうか。

以前私の勤めていた会社に、美人で賢くて、何ひとつ欠点はないのにどういうわけか婚期をとっくに過ぎたＯＬがありました。会社でももう古手でしたから、若いＯＬたちはいろいろと仕事の上で教えられることも多かったのですが、この人の人間性を知ると誰でもすっと離れて行ってしまいます。私でさえもこの人の心の冷たさ、意地悪さにはほとほと嫌気がさし、あの人の皮膚の下には果たして赤いあたたかい血が流れているのだろうか、と幾度も首をかしげたほどでした。利巧なひとですから何事に

つけても落度はないけれど、ものに感動するみずみずしさを全く失っていて、自分の心の領域からは一歩も踏み出さないし、人をもまた入れないのです。

このYさんは、若い頃からずっとお花を習っていてもう師匠代理もできる腕前だったのですが、そばで見ているとYさんのお花はあくまでも免許を取るための形式であって、花を愛するやさしさとは別ものであることを私はひそかに思ったことでした。

例えばYさんには、

「もうすっかり春ねえ。会社の寮のれんぎょうは咲いたかしら」

と胸をふくらませる余裕はないし、また石垣のあいだから芽を出しているふきのとうを見つけて、「まあ、かわいい」と見とれるなごみもなく、自分用のお花の材料にセットされたものは大事に扱うけれど、誰かが生けた一輪差しの野菊には見向きもしないといったところがありました。

でも考えてみれば、このひとの長いＯＬ生活のあいだには同僚たちの結婚や退職、男の後輩たちに地位を追い越されてゆく不安や屈辱など、たくさんの嫌な思いに出会ったにちがいなく、その経験からしぜんにこのような性格を作りあげていったものと思われます。現状では、組織のなかで女の地位はまだまだ低いし、これといった特技を必要としない仕事に女ひとりとどまっていることについて、まわりは案外と冷たいものです。

Yさんが人々の皮肉や嘲笑《ちょうしょう》や悪意にひたすら目をつぶって生き抜くことと引きかえに、心のあたたかさを失ってしまったのを、いたしかたないといえばそうなのですけれども、でもやっぱり残念な気もします。

ゆたかな感性とこまやかな感情を大切に

ま、物理的に考えて、「生きるためにはつらいことだってあるさ」と割り切れば、これは月給をもらうためのひとつの手段にすぎないかもしれません。しかしまた、夫があり家族に囲まれて働く場合なら受けるはずもない、故《ゆえ》ない非難であることもたしかです。

とすると、芸者のたん子のように、心のよりどころとなる三味線と、生活の資《もと》を得るための職業とが重なっているのがいちばん理想的なかたち、ともいえそうです。Yさんだって、大きな歯車のなかの一員にすぎない会社の仕事のむなしさを感じ、そこから逃れようとしてお花の稽古に励んだにちがいありませんが、心のささくれは既にもう花を愛する基本的な余裕を失っているかのように見えたことでした。彼女は退職後、小さなおにぎりやさんでも開いて老後を送りたい由《よし》、私に話したことがありますが、もしそれが実現したら、毎日のお客とのやりとりのあいだにきっと、無くしていた人間性を取りもどすことができるかもしれません。

と、ここまで書いてきて、それなら私がもし一人で生きることになったとき、何をどうすればいいか、について考えてみると、これはやっぱり個人企業であるいまの小説書きを続けてゆくしかないという気がします。ただ、夫がいれば平穏無事な毎日も、ひとりになればヒステリーの連続かもしれないし、ヒステリー状態ではものに感応する大切な心を失ってしまうかもしれないのです。

ただ単に、仕事があって金が入って生きてゆける、だけではこの世はあまりにさびしい。そこをもう一歩踏み出して、せっかく女に生まれたからにはゆたかな感性とこまやかな感情をいつまでも持続してゆきたいと私はねがいます。さいわい心を遊ばせる手段は私にはいくつかあり、そのひとつとして、たん子のようにあまり上達は早くないけれども、三味線のお稽古にいまから少し身を入れてみようかなどと考えています。

孤独はいかなる刑罰よりも恐ろしい

心の病い三十年

日頃もの書きなどという、閉鎖的な仕事をしているとさまざまの病気を起こしやすいものだが、私はとくにだらしなくて、ここ三、四年来、神経的な症状と全く縁の切れたという日がない。

今年は去る八月、徳島の阿波《あわ》おどりのテレビ中継にレポーターをつとめ、その帰りの飛行機のなかで突然呼吸困難に陥った。

さいわいテレビのプロデューサーがついていてくれたので、大阪からは新幹線にきりかえて無事自宅まで送りとどけてくれたが、翌日また同じような症状が起こり、今度は救急車を呼んで近くの病院に入院した。が、検査の結果はどこにも悪い所は見あたらず、

「きっと疲れでしょう」

ぐらいのところで、毎日点滴注射をされただけで帰されてしまった。家に帰ったところで、治療してもらったという安心感がないからちっともよくならず、一日何度か息苦しくなっては自分で買った精神安定剤を飲んだりしてなだめているうち、秋風が立ってからこっち幾分快くなり、現在はやっと、まあまあというところまで漕《こ》ぎつけている。

不思議なことに、この発作はそばに人がいてくれるとほとんど起こらず、起こってもごく軽くて人と話しているうちに過ぎてしまうときが多い。

飛行機のなかでの発端は、テレビでの緊張やコーヒーの飲みすぎなど、明らかな原因があったにせよ、これで誘発された私の神経症は、要するに「一人ぼっちは嫌」という甘えの欲求に他《ほか》ならないのである。

自分の話ばかりで恐縮だが、この病気はいまに始まったことではなく、事の起こりは最初の子供を妊娠していた三十幾年の遠い昔にさかのぼる。

私は満十七歳で結婚し、十八歳で長女を生んだが、妊娠五カ月目のこのときの病気の発端はかつおのプトマイン中毒だった。栄養のためと思って少し古くなったかつおの干物を食べているうち、突然脈搏《みゃくはく》が早くなり、夫に背負われて病院へ運ばれたが、これがきっかけでほとんど臨月近くまでかなり頑固な心臓神経症をよびおこした。

この病気は若い女性に多いといわれ、ふだんは何ともないのにあるとき突然、脈搏が早くなり、数えられないほどの頻数《ひんすう》となる。原因は思い当たらないという人もあるが、大部分は不安感からくるものが多く、私の場合も明らかに不安からだった。

夜半目ざめ、傍に誰かいないととたんに、

「どうしよう？　死ぬかもしれない」

と思いはじめ、思いはじめるともう動悸《どうき》は高く胸が苦しくなる。こういうとき、静かにしていればいずれは落ち着くのに、その我慢ができなくて人の居る場所に寄って行くのである。療養のために実家に戻っていて、夜半にこの発作が起きたとき、ちょうど家には小さい妹しかいなくてますます心細くなり、「どうせ死ぬならみんなのそばで」と頭から毛布をかぶり、妹に支えられながら決死の覚悟で三町ほど離れた兄の家までそろそろと歩いて行った。

兄の家をたたきおこし、甥《おい》や姪《めい》たちまで目を覚まさせて取り巻かれると、たった今までの瀕死《ひんし》の症状はけろりとなおり、声を上げて笑うこともできるのである。私は父や兄からさんざん「人に迷惑かけるわがまま病」と叱《しか》られ、医者からは、

「ある神経症の患者に、〝いまからあなたの血をこの瓶に取ることにする。瓶いっぱ

い取ったらあなたは死んでしまう〟といいわたし、赤インクを徐々に充《み》たしてゆくと、いっぱいになったのを見て患者はほんとうに死んでしまった、という話がある。神経症というのは、本人がしっかりしてないところから起こる。病気ではないという信念をもって自分で自分を鍛えなさい」

と強くいわれたが、それほどの決意もないまま、このときは一応なおってしまった。

一人ぼっちの不安感にとりつかれて

私の思うのに、神経症の人間というのは性格的にひどく弱い面があって、いつも人に甘えていたいとか、或《ある》いは何か常に事を起こして人の注意を集めておきたいとかいうところが潜在的にあるのではなかろうか。今日では「心臓神経症」も立派な病気のひとつとして、精神医学のほうからも研究されているらしいが、この年になってまでもまだこの病気と訣別《けつべつ》できない私としては、やはり性格との因果を思うのである。

というのは、十七歳という早い結婚に踏み切ったかげには、戦時体制による早婚奨励という運動があったにせよ、いちばん明確だった理由は前述の「一人ぼっちは嫌」ということに他ならないのだった。

私の一人暮らしの経験というのは、その頃一クラス全体軍需工場への徴用令がくることになり、体の弱い私はそれから逃れるために山奥の小学校の代用教員に行ったときで、期間にすれば四カ月ほどのものだったろうか。私は山の上に二軒長屋の一軒を借りて自炊していたが、その一人住まいの何と索漠《さくばく》としてわびしかったこと。

朝目ざめても、自分自身が起き出してゆくまでは食事の仕度はできておらず、当然のことながら弁当の用意もなされてはいない。何よりも嫌なのは疲れて帰ってきても家は真っ暗、部屋はさむざむとし、朝ぬけだした寝床はそのままのかたちであり、足を入れると他人のように冷たくそらぞらしくて、容易に体に馴染《なじ》んでこないのである。しかも自分の食糧は農家を訪ねて自分で買いあさりにゆかねばならず、そうやって手に入れた食べものを一人でぼそぼそと食べる味気なさ。

私はあまりのいたたまれなさに、交通不便の僻地《へきち》からトラックなどをつかまえては毎週末には必ず家に帰ったが、これもおかしなもので、一旦《いったん》家を出てしまえば家はもうもとのままの家ではない感じだった。

たとえば、自分の部屋の一部が食糧を貯《たくわ》えるために使われていたり、せっかく帰っても家中疎開《そかい》のための準備に追われていたりしてかまってもらえず、その頃私はどれだけいらいらと淋《さび》しかったことだろう。

結局、どこへ行っても一人ぼっち、というあのぞっとするような怖《おそ》ろしさから逃れたくて私は結婚に踏み切ったのだったが、こうして〝自分のために〟を前提にした結婚は、最初の頃は充分満足だった。もう決して私は孤独ではなかったし、子供の頃母親に甘え放題甘えていたように、夫という頼りがいのあるものによりかかることができた。

私が、もしあのとき、もう少し忍耐強くて孤独と戦う勇気のある人間だったら、私のこれまでの人生は大きく変わっていたことであろう、といまではときどき思う。たった四カ月足らずの経験ではあっても、そのときの恐怖はしたたかに私の胸に灼《や》きつき、その後の私の人生はすべてこの孤独地獄に陥らぬための設計であったといってよい。

孤独地獄を脱けだすために

たとえば前述の私の心臓神経症は、明らかに孤独の恐怖からきたものだし、この最初の結婚から脱出するときはほんとうに死ぬ覚悟だったが、運よく離婚がまとまったあとではまたいまの夫に助けを求めてしまった。

離婚したとき、作家を志すならば孤独に耐え、さまざまに自分を試してみるのがよい、と考えないでもなかったけれど、私はそのとき作家として立つよりもやはり表向き世間に通る結婚のかたちの、あたたかな家庭が欲しく、このいくじのなさからして既に私は作家としての資格を失ったのかも知れなかった。

ところで、私の語ってきた孤独というのは心理的な孤独感のことではなくて、ごく単純な、習慣上の一人暮らしのことである。

だからこの論理からすれば女中との二人暮らしは孤独ではないし、親兄弟との同居ももちろん当てはまるが、しかし短期間に崩壊する可能性のある生活のかたちというのは私にとって大へん心もとないような気がする。

つまり、女中との二人暮らしは、日常生活の便宜は充たされるけれども、いつ暇を取って出ていかれるか判《わか》らぬ不安を常に孕《はら》んでいる。もし一生奉公を表明されたとしても、それならそれで、人一人自分のために奉公の人生を終えさせた悔いがあって、これは決して心地よいものとはいえなかろう。

また親兄弟といえども、順からいえば親は先に亡《な》くなるし、兄弟はやがて配偶者を見つけてゆき、結局残るのは身内によりかかっていた孤独な自分、という姿にもなりかねない。

とすると、孤独地獄を避ける手段はただひとつ、愛する人との同居という、私自身の辿《たど》ってきた、いや世の大かたの人たちも経験しているかたち以外にはないのである。

愛ある同居がもたらした安定

人はどうか知らないが、私の場合、幸福の実感とはほとんど安定感というのと同義語だから、愛する人との同居は世間に通りのよい正式な結婚というのがいちばんよく、その結婚も極めて平穏でトラブルの全くない、どっしりと根を据えたものであって欲しい。とすればここに愛の問題が生じてくるわけで、もともと他人同士の男女ふたりが家を作り、長い一生を破綻《はたん》なく送るのには生半可な努力ではとうてい足りない、強い愛情が必要になってくる。

幸福の顔はどれもよく似通っているが、不幸のかたちはそれぞれ違う、という意味の言葉はたしか『アンナ・カレーニナ』の冒頭にあったと記憶するが、私がときどき顔を出しているテレビの身上相談番組でも、不幸なケースはまことに千差万別である。

ものわかりのいいふうを見せて夫の浮気を容認していた妻がその座を追われたり、夫の気をひいてみるためにした火遊びがほんものになって離婚したり、番組に出席するたびに意表のケースに出交《でく》わすことが多い。

私は原則としてやむを得ぬ場合を除き、離婚は決してすすめないことにしているけれど、それというのも、離婚後の孤独に打ち克《か》ってゆく大へんさがよく判るためなのだといえようか。

私のような離婚経験者がこういうことをいえた義理ではないだろうが、私は実のところ娘時代のあのわびしい一人暮らしに戻るだけの度胸がなかなか固まらなくて、最初の結婚はずるずると二十年間も続けていたのだった。最後にやっとつけた決心というのは、死ぬか結婚生活を続けるかというぎりぎりの線であって、やっと死ぬ覚悟で家を出よう、と考えたからであった。

男の少ない戦争中の結婚とちがって、今は男女同数か或いは男の数が少々上廻るかの、とにかく女にとってはよい時代かもしれないが、自由選択はまたかえって簡単に離婚の禍《わざわ》いを招くものかも知れないのである。

私のように、病弱な躰《からだ》を抱えて生きている臆病《おくびょう》な人間にとって、孤独は如何《いか》なる刑罰にも増しておそろしい。孤独な生活を回避するためには私はどんな努力でも惜しまぬつもりでいる。結婚以来、一度も喧嘩《けんか》したことのない今の夫との生活は申し分なく精神的に安定しているが、しかしやがては死という、これだけは逃れ去ることのできぬ運命がどちらかを奪い、残る一人は若い頃よりははるかに深い孤独な暮らしのわびしさを強いられることになるだろう。

その日が一日も遅いように神に願い、二人の健康に極力注意を払っているのも、私の心からなる愛情の表現ともいえようか。

心の闇《やみ》を筆に託す浄化作用

手紙に託す内面の人生

私は講演は苦手だが、Y新聞のやっている「著者を囲む会」とはわりあいに相性がいいので、こちらはオール出席という実績を持っている。

この会は一方通行の講演会でなく、まず著者の作品を予《あらかじ》め出席者全員が読み、当日その作品についての質問を中心に会が進められてゆく形式なので、両者充分な話し合いができるし、著者側も読者の実態が摑《つか》めて大いにメリットがある。ときに質問は作品から離れて著者の私生活に及び、そうするとおかみさんの井戸端会議の様相を呈することもあって、これは意外に楽しい。

つまりこういう会には読者も一種の積極性、能動性を持って参加するわけで、それがいつの場合でもせいぜい二時間くらいではお互いに語り尽くさず問い尽くさず、その名残りがそのあとの文通というかたちになって残るのである。

私が「著者を囲む会」に招かれはじめて今年で足かけ五年になるが、こうしてお友だちになった読者の方たちの名前はいま住所録ほとんど一冊を占めるようになった。文通とはいっても、私のほうは大ていはがきの走り書きくらいで失礼させて頂いているけれど、心のこもったお便りを頂くのはうれしいもので、私はいつも丁寧に繰り返し拝見した上で束にし、リボンをかけて大切に押入れに蔵《しま》ってある。

で、これらの手紙に共通していえることは、男性がほとんど自分を語らず、主として作品について感想を述べているのに対し、女性は大ていの方が最初から自分の身の上ばなしで始まることである。これは本の読みかたに関わっているらしく、つまり男性は客観的に小説を味わうという態度であるのに対し、女性は自分に即して読みかつ考えるということであるらしい。

また一面、男性は仕事がすべてであると考えがちなのに対し、女性は生きかたそのものについて真剣に取り組む姿勢を持っているともいえると思う。たまたま出会った小説に対し、主人公の人生について深く掘り下げて考え、そればかりでなく小説の作者に自分の来《こ》しかた、生活の状況などをあまねく吐露するというのも、女性が男性よりもはるかに内面に深いものを蔵しているということにはならないだろうか。

女が自分を見つめるとき

　私が小説を書き始めたきっかけというのは、戦後満州から引き揚げ、結核を患《わずら》い、死ぬのを待つばかりの時期からだった。

　そのとき二十一歳だった私は、早婚だったせいで既に三歳となった長女があり、もし自分が死んだあと、この子にどんな繋《つな》がりを残すことができるだろうと考えたとき、やがてやって来る死のその日まで、あの苛酷《かこく》な満州体験を書いておいてやることが、私にできるせいいっぱいの母親としての勤めだと思ったのだった。

　忘れもしない昭和二十二年の六月十九日から、あり合わせのノートに日記形式で私は自分の体験や折々の感想などを書き綴《つづ》り、以後それは一日の休みなく続けられたのだったが、奇蹟《きせき》にも私の結核は自然治癒してしまい、ものを書く習慣だけが残ってこんにちに至ったのである。

　もし私に、あのとき結核の宣告がなかったら果たして小説を書いていたろうか、とふと疑問を抱くときもあるが、近年になって思うのは、結核によって時期の早められこそすれ、ものを書く暮らしというのは私にとって必要不可欠のものであったと断言できる。

これは、この頃女性読者からの手紙を読んでますます確信を深めていることであって、女性の進歩とものを書く作業、それも自分自身を見つめる赤裸々な視線というのは深い相関関係にあると思うのである。

私たちが古い歴史を調べるとき、いまに残る平安のいくつかの文学を除くと、女性の書いたものはほとんど残されておらず、甚《はなは》だしいのは系図でさえ単に女、とだけで名前も記録されていないものもある。こういうのを見ると資料のなさに歯ぎしりするほど口惜《くや》しく思うだけでなく、ただ女、とだけで歴史のひだのあいだに沈んでしまった女性の涙の重さを考えるのである。

男性が絶対権力を持って世の中を支配していた時代、女は書くことはおろか寡黙《かもく》を美徳とされて口を奪われたために、われわれがいま知る日本の歴史は男性のみが記した偏頗《へんぱ》なものとなってしまったうらみがある。

もし昔から女にも自己主張の自由を与えられていたとしたら、きっとよい資料として残されていたものと思われ、そうなると現代一般の史観もよほど変わっていたことと思われるのである。

書くことの浄化作用

さき頃来、「自分史を書こう」という呼びかけをとき折見かけるけれど、「自分史」というおかしな言葉はともかく、一人の女性が自分のこと家族のこと身のまわりのことをありのまま綴るのはいわば歴史を刻む作業であって、この意義はすこぶる大きいと思う。

大分以前、女がペンを持つことについて「書きますわよ」とか「投書夫人」とかの揶揄《やゆ》的ないい方が流行《はや》り、女性は男性に比して露出癖があるなどと書かれたこともあったが、そのいずれも男性側からの批判だったことを思えば、男性は案外女性がものを書くのを恐れているのかも知れない。

私は以前から、女性の能力は男性に決して劣るものではないという感じを持ち続けているが、露出癖または暴露癖などと男性のいう女の特性も、これはいわば女性の底力だと思っている。男性の処世術は対世間的なものだからなかなか本音は吐けないが、女性は土壇場《どたんば》にくれば誰でも素っ裸で居なおる勇気を持ち合わせているのである。

考えてみれば文学というのはありがたいもので、記録などという大義を立てないでも文章は充分に人間の精神生活を豊かにしてくれる。どんなにしあわせなひとでも苦悩を持たない人間はいないはずで、その苦悩を口から吐くには相手が要り、相手があれば思わぬところから秘密も洩《も》れる。

文章だと全く孤独な作業で心のたけを紙にぶちまけることができ、人に秘しておきたければあとで処分してしまえばよい。精神の浄化には最高手段だと思うがどうだろうか。

私の二十一歳のときの最初の文章も、思い立ったのは満州体験の回顧だったけれど、書いてゆくうち気持ちが伸び拡《ひろ》がり、当時のさまざまの感慨を書きつけてある。その頃私は農家の嫁という窮屈な身分だったから、つらいこと悲しいことがいっぱいあり、日々日記に書きつけてはしのいでいたものであろう。

このときから私にとっての唯一《ゆいいつ》の救いは、一日のうちたとえ僅《わず》かな時間でもノートに向かって文章を綴ることになり、以来三十四年を経た今日では、文章で身を立てる職業作家になってしまった。

三十年以上も前のノートへの熱い想《おも》い

私など浮き沈みの多い人生で、今日までの月日のうちに持ち物の全部を失い、自分の幼少の頃の写真はおろか両親のものまで手許《てもと》には一枚もないほどだけれど、ふしぎなことに自分の書き溜《た》めた日記ふうのノートは一冊残らず持ち続けている。思えばこれはほとんど奇蹟ともいうべきもので、先日テレビでお見せするため押入れのなかから三十年以上も前のこれらのノートを取り出したとき、私は胸が熱くなる思いだった。

戦後の紙質の悪いノートだからもうボロボロに朽ちているが、このなかには私の長い長いあいだの涙、吐息、苦渋がいっぱい秘められてあると思うと、一行たりとも虚心では読めないのである。

段ボール箱に詰めて七、八個もあるこれらのノートが、私のどん底生活をくぐっていまに生き残っていたのは、紙屑《かみくず》だから売り払っても何の値打ちもなかったこともあろうけれど、何よりも私自身の、わが筆あとに対する深い愛着がなせるわざだったと思う。

私が文章を書きはじめた端緒は結核という病気だったが、読者から頂くお便りは大部分の方が読書、というきっかけかららしい。

女の生涯というのは、一見おだやかに見えても心のなかではそれなりの葛藤《かっとう》を蔵しているもので、それがふとした機会に会うと堰《せき》を切ったように溢《あふ》れ出るという例は多い。いま各地で文章教室が盛況で、そこに何故《なぜ》通うかという質問には、

「頭の老化を防ぐため。つまり中風予防です」

などとユーモラスな答えを聞くが、理由は決してそればかりでなく、女性の一人一人がそれぞれに違う、書きたいものを内面に抱いているせいなのだ、と私は思う。

とやかくいっても今は戦前と較《くら》べれば一般に暮らしは豊かになり、衣食住に事欠く人はあまり見かけなくなった。これからの世はさらに進んで、人間が自らの精神を充実させる時代だという。立派な家を建て、衣食も充分足りていても、そこに住む人間の頭脳はからっぽ、精神は貧しいときていては生活は決して豊かとはいえないのである。

書くという作業が、一見孤独、一見卑小に見えながら、その実いかに多くの拡がりと功徳《くどく》を持っているか、これは日記をつける習慣をお持ちの方ならどなたも充分感じ取っておいでのことであろう。

きっかけは何であれ目的は何であれ、女もペンを持ち、毎日のお金の出し入れやお惣菜《そうざい》のこと、身近な問題や自分自身のことなどを綴るのは何とすばらしいことだろうか。字のまちがいや文章の巧拙など、この際全くの枝葉末節《しようまつせつ》なのだと思う。

何よりも真実をまっしぐらに記したその筆あとは、のちのち血を分けた肉親たちの心を豊かにするだけでなく、今まで片端《かたわ》だった歴史の記録に大いに貢献すると考えるとうれしい。

自分を燃やす充実感

保育に打ち込んだ十一年

もう遠い昔になってしまったが、私が高知の農村の保育所で保母をしていたのは、昭和二十六年から三十二年までの七年間である。そのあと引き続いて社会福祉協議会に籍を置き、三十七年三月末まで高知県保母会事務局の仕事をした。

この十一年間は私の人生にとっていちばん長く、大きな経歴を占めている。人はどうか知らないが私の場合、四十歳という年齢は確実に人生の折返し点であって、それ以後の歳月は若い時代の経験によって裏打ちされ、みのってくる例が多いように思われる。

そう思えば、少女時代からもの書きを志していた人間にとって、保育の仕事に関《かか》わっていた十一年は大きな空白ではなかったかと、ときどき悔まれる日もあった。

私が保母を始めたのは、べつに高い目標があってのことではなく、子供が好きでたまらぬというわけでもなく、ただひたすら、農家の嫁の辛《つら》い毎日の農作業から逃れたさだけだったように思う。しかし私はすぐ、仕事のおもしろさに自分からのめり込んでいったようだった。

その頃、子供の給食費はたしか一日八円十銭で業者組織は何一つなく、厚生省の指導要領も甚だ頼りなくて、毎日の保育は全く暗中模索の状態だった。集団生活に慣れぬ子供は年長組でもしくじりが多く、毎日たくさんのパンツを洗うかたわら、多い年には一人で一クラス五十人を受け持ったこともある。

これは私だけでなく、当時のすべての保育所に共通した状況だったが、そのうち私は健康を害して県社協の保育係に転職した。

エネルギーを燃焼させるとき

高知県は平衡交付金時代、各市町村が争って保育所を作り、数においては東京に次いで全国第二位だった。したがって保母の数も多く、保母会事務局の仕事は現場保育所にも増しておもしろかった。

ここの四年間、私はときに事務所へ蒲団《ふとん》を持ち込み、泊りがけで取り組んだりしたが、思い出に残る仕事といえば、高知県保母の生活白書を出版したことと、全国に先駆け保母会単独で県大会が開催できたことの二つだったろうか。

むろんこれは先輩の指導、多くの保母さんの協力を得ての成功であった。

振り返って、保育所時代も社協時代もただがむしゃらに仕事をしたというわりには、どれも形としてみのらなかった感じがするのも、私に組織力がなかったせいなのだろう。この反省は私にいつもつきまとう。

しかし私は最近、とくに太宰《だざい》賞受賞後、徒労だと思い込んでいた長い十一年間に対し、別の感慨を持つようになった。私の年齢でまだ人生を語るのは早いかもしれないが、人はその生涯で、全エネルギーを燃焼させて何かに立ち向かった期間を持つのは一つの幸福とはいえないだろうか。

私の場合、ささやかな自己満足であったにせよ、一時期、仕事に向かって全力投球した充実感が確かな手ごたえとしていまも残っているのは得難い経験だと思う。

小説を書くことが人間、或《ある》いは人間の生きかたの追求とするなら、空白だと悔んでいたこの十一年間をプラスに生かしていくことこそ、私に与えられた使命のひとつ、と考えている。

虚《むな》しさの感覚

選択のない青春時代

ごく大ざっぱにいえば、大正十年あたりから昭和三、四年頃までに生まれた男女は、戦争中に青春時代を過した世代である。私も大正十五年生まれで、太平洋戦争が始まった昭和十六年は女学校の三年生だった。いまの中三にあたるが、このあと卒業から結婚までのあいだ、すべて戦争がついてまわり、いま思い返しても当時の戦局と無縁だった思い出はひとつもない。

私はどうも若い人が苦手で、どう対処していいのかいつも困惑する。娘たちは結婚し、身近に若い人のいないためもあろうけれど、いまもって若い人たちがどういう考えかたをしているのか、混沌《こんとん》として判《わか》らないのである。

若い人が嫌いかといえばそうではなく、私の著書などにサインを求められたりする

とっても嬉《うれ》しくなるし、げんにときどき読後感を書いて、寄越して下さる大学生の幾人かはいる。これを心理学者に診断させると、

「それは嫉妬《しっと》です。嫉妬の変形です」

といわれそうだし、また自分でもときどき、あまりに恵まれすぎたいまの若者の暮らしぶりに羨望《せんぼう》の目《ま》ざしを向けていると思うこともある。

戦後、暮らしがゆたかになるにつれて、われわれの青春時代には思いもしなかった言葉がふえ、それは「生きかた」とか「生きかたの選択」とか、男女互いに「好きなタイプ、嫌いなタイプ」をいうとか、「フィーリングが合う合わない」の話、それにこの「虚しさ」という言葉も昔は全く聞いたことのないものだった。

学校教育が如何《いか》に人間を創《つく》りあげるのに重要なものか、われわれの世代はそのモルモットのようなもので、私が小学校に入学した昭和八年は中国山海関《さんかいかん》で事変が起こり、日本は国際連盟を脱退するなど、戦争に向かって一路驀進《ばくしん》していた頃で、この辺りから忠君愛国、滅私奉公の教育が徹底的に叩《たた》きこまれるのである。大君《おおきみ》のため、国家のため、個人の幸福など犠牲にして何ら悔いないムードは年々たかまり、結婚などの意味も、大君の赤子《せきし》、つまり戦争要員を設けるための一つの手段と思わせられたふしがあった。

生きかたという言葉がなかったのも、生まれて死ぬまで人生すべて国家の方策に密着していたためで、まして選択の自由など、たとえ言葉の上でさえあり得べくもなかったのである。

戦争末期は、五体満足の男はまるで貴重品であって、明日戦争の最前線に送られる人であっても結婚できれば上の部で、大ていはオールドミスで銃後の守りを引き受けさせられているのだった。異性に対して、好きとか嫌いとか品定めしようにも、第一身辺に適齢期の男はほとんどいないのだからすこぶる情報不足だし、それにこういう学校教育を受けてきた人間は、この時局下、異性のことを考えるのは反国家的、罪悪の一種だと考えていたものだった。

逆境の中の救い難い虚しさ

信じられないかも知れないが、私など結婚の日まで性のことは何にも知らなかった。満で十七歳、かぞえで十九歳という早い結婚のせいかもしれないけれど、その頃は私のような無知な人間は随分と多かったのではなかったろうか。

で、夢多き青春時代、私たちをひたすら駆り立てていたものは果たして何だったかといえば、それは戦争に勝つまでのがんばり、の一言に尽きるように思う。おしゃれも贅沢《ぜいたく》も敵で、通学服は廃物利用のもんぺの上下、靴など豚皮のものも無くなったあとはふだんは下駄、分列行進など体育はすべてはだしだった。学校では勤労奉仕の連続で、おべんとうは芋ごはん、音楽にも読書にもきびしい統制があり、いま思えば実につまらなく乏しい暮らしだったが、誰も文句をいわず、その頃ふしぎに若い人の自殺は耳にしたこともなかったように思う。

空虚とか虚しさ、或《ある》いは虚無的などという言葉もその頃は全く見当たらず、もしあったとすればこれらはすべて外国語の部類のように思われたのではなかったろうか。つまり人間が生きてゆく大きな意義というか大目的というか、そういう流れのなかでは個々が虚しさなど感じる余裕は全然なかったとも考えられるのである。これは私があまりに幼く、国策に対して疑義を抱く余地がなかったからかもしれないが、先入観念とはおそろしいもので、私にはいまでも虚しいという言葉は、豊饒《ほうじょう》、倦怠《けんたい》、退屈、怠惰などと決して無縁ではないと思われる。刻苦精励し、いつまでたっても己れに満足することのない人間は、虚しいなどの感懐につけ入られる隙《すき》もないと思われるのだが、どうだろうか。

ただこれは、順調に人生を送っている人に向かっていえる言葉であって、たとえば大きな出来事にぶっつかった挙句、救い難い虚しさにとりつかれ暗い日々を送ることだってある。私ごとで恐縮だが、私の父は長男に先立たれたあと、とても苦しみ、結局この人は仏教によって苦悩の淵《ふち》からやっと這《は》いあがることができたらしい。

この、私の長兄が亡《な》くなったのは昭和六年の秋で、行年二十四歳、そのとき私はまだ五歳だった。生まれつき病弱で、学校へも行ったり休んだり、私の記憶にも兄はいつも離室《はなれ》で寝てばかりという姿がある。父は長男に過大な望みをかけていたらしいが、十七歳で肺結核と診断されてのちは何とか癒《いや》そうと八方手を尽くし、日曜ごとに名物の露天市に出かけてはすっぽんの生き血を買って来て飲ませたという。そのせいかどうか、結核には何の特効薬もないこの時代にして兄はまる六年も生きのび、家族に幾度か全快の望みを抱かせはしたが、とうとう助からなかった。

その葬儀の模様と、そのあとの両親の落胆のさまを私はふしぎと鮮やかに覚えていて、この間の事情を『櫂《かい》』に描いているが、兄亡きあとの家は淋《さび》しいものだった。兄の寝ていた離室は妙にだだっぴろく、気味わるく、始終涙を拭《ふ》いている母と全く笑わなくなった父とにはさまれ、私もどうしていいか判らなかった感じをいまでも思い出すのである。親を送るは順だけれど、子を先立たせるのは逆縁で、世にこれほどつらく悲しいものはまたとないという。

現代を生きるむずかしさ

父はこのあと眠られぬ夜を幾月か過した挙句、心から師と仰ぐことのできる真言宗の有徳の人にめぐりあい、その人の導きで在家のまま仏教に入ることになった。私たちの家は高知も海に近い下町で、この師の家は四国山脈の裾《すそ》にあり、そこへ毎夜毎夜、仕事を終えてのち徒歩で通っては修行を積むのである。

途中、昔から怪火が出るために高知市民が恐れて近寄らぬ三本杉という魔の場所があり、父はこの、昼でも小暗い杉林を抜けて往復し、そして戻ったあとは夜が白むまでノートに経典の解釈を書きつけては倦《う》むことを知らなかった。このときのノートは、死後私がもらい受け、いまも手許《てもと》にあるが、修行中いちばん辛かったのは三本杉の恐ろしさではなく、暴風雨の夜、或いは霜凍る寒夜の往復であったらしい。法華経《ほけきよう》解釈のあいまにところどころ、

「寒風骨を刺す。歯を嚙《か》みしめて通う」

とか、

「風雨激し。下帯までとおる」

とか書きつけてあり、私はそこに、子を失って虚無の底につきおとされた男の、何とか平安な境地に戻ろうとするあがきをまざまざと見る思いがする。

こうして一日も休まず三年間通いつめた挙句、父は師から法名をもらい、一応の修行を終わったが、この辺りから家のなかもものように明るくなったのではなかったろうか。子に限らず、愛する人を失った心の虚しさは筆舌にもつくし難いらしいが、幸か不幸か、私にはまだそういう経験はない。

で、はじめにかえり、いまはどうこういっても世の中はよくなり、生きかたの選択も自由なら、価値の多様化で何をしても理屈が通る。国の福祉政策も戦前にくらべるといくらかましになって、飢え死にする人はまず見当たらないし、第一乞食《こじき》ルンペンのたぐいが激減した。大ていの人が自分の家を持ち、貯金もあり、老後の計画もきちんと立てられるほど世情も安定している。昔を思えばありがたい世になったものという感慨はあるが、果たしてこれが人間の最高のしあわせかどうかといえばいささかの疑問も残るのである。

貧乏に限らず、人間の欲求不満というものは一面闘志をかきたてる原動力となっている場合もあり得ると思う。食は満ち足り、思うことはほぼ叶《かな》えられるという状態にいれば、誰でも意欲減退し、虚無的感懐に襲われるのは当然のことであって、そこに現代を生きる人間のむずかしさがある。

私など五十三年を生きて来て、青春時代は戦争に駆り立てられ、成人してのちは浮き沈みの多い人生をのりきるのに懸命で、ついに虚しさなど感じる隙も暇もない月日だった。習慣というのはおそろしいもので、こんにち生活に少しばかりゆとりを感じても、すぐ次なる目標に、自分で自分に鞭《むち》をあてるのである。昔、ある学者があの退屈なフローベルの全集を読破する目標をたて、一日五十ページのノルマを自分に課して、眠くなれば針で自分の太ももを刺してまで目的を達したという話があるが、私などもそれにいくらか似通ったところがある。目標の山は高いほどよく、それを無事踏破したあとの爽快《そうかい》さは人にはいえぬ満足感で、これでこそ人生だという気がする。

考えてみれば、現代の暮らしに満足しているとはいってもこれはまことに卑小な、いじらしいしあわせであって、ここにとどまらず少しでも前進、少しでも向上、を目ざす精励の気魄《きはく》があれば、怠惰とは紙一重の虚しさなど決して寄せつけはしないと思うが、果たしてどんなものであろうか。

閉ざされた心を解き放った『細雪《ささめゆき》』の世界

病床でめぐり合った美の世界

私は今日まで文学上の師もなく、いかなる同人雑誌にも属さず、ひたすら先達の作品を手本にしてひとりコツコツと小説を書いてきたが、それだけに、よい作品との出会いには生涯忘れられないほどの鮮烈な印象がある。

『細雪』とは昭和二十四年の後半が初対面で、いまでも目の前にあの紙質の悪い、上中下三冊の本の姿が浮かんでくる。私は昭和二十一年秋、満州から引き揚げて帰り、翌年春から肺結核をわずらって三、四年ほど半病人の生活を送ったが、この暗い毎日から脱皮するきっかけを作ってくれたのが『細雪』だったといまでも思っている。

引揚げ先の夫の実家は、高知市から七、八キロ離れた田園地帯にある農家だった。当時はまだ交通事情がとても悪く、地図で見れば高知市の郊外ほどの近さなのに、この地方はまるで文化果つるところ、の感があった。情報網といえば村の床屋のラジオと、一日一回ゆっくり徒歩で配って来る新聞だけだったが、外の明るいうちは皆、野《の》良《ら》で働く生活にはそれで格別不自由もなかったように思う。もちろん本屋など隣村にさえ無かったし、新聞広告を見て欲しい本があれば半日もかけて郵便局へ為替を組みに行かねばならなかった。

私の結核は、満州の難民生活一年余りでひどい栄養失調にかかっていた上、引揚げ後、姑《しゅうとめ》などへの気兼ねからすぐ馴《な》れぬ農作業を手伝ったことも原因のひとつだったらしい。へんに体がだるくなり、子供の手を引いて高知市の病院へ行って病名を言い渡されたとき、私の頭に浮かんだのは病気への恐怖ではなくて、これでときどきは町に出られる、というちょっとしたうれしさだった。

町生まれ町育ちの私が、農繁期にどこそこの嫁が下駄をはいていたという、つまり皆、地下足袋かはだしで野良に出るべきところを、のんびりと下駄などはいて家にいる人間が村中の話題になるという、こういう因習の強いところに暮らすのは何とも息苦しく、たとえ病院通いであっても、ときどき町に出られる大義名分ができたことは救いだった。

医者は入院をすすめたが、農家の嫁なら炊事ぐらいは引き受けるのが当然だったから、食事ごしらえの合い間には納屋《なや》の二階で寝ているという生活であった。またパスもマイシンもなく、結核は不治の病いだったが、私が死の恐怖から幾分免れていたのは、寝ているあいだの読書という楽しみがあったためではなかったろうか。病院の帰り本屋に寄り、好きな一冊を買ってきて寝ながらそれを読むときの束《つか》の間《ま》の充足。明日のことは考えず、本のなかにだけ自分の人生を見つけて暮らした日々。この頃から私は小説を書き始めたのだった。

私の結核は、冬のあいだは活動を停止するらしく、夏はべったり寝ついていても涼しくなると床を払っていたから、まわりは夏病みぐらいに軽く考えていたふしもあった。『細雪』は、幾分元気になった秋口に上巻を買い、続いて年末までに三巻揃《そろ》えて読み了《お》えたが、そのあと呆然《ぼうぜん》とし、それから急に自分の身の上がみじめで悲しくなったことをいまでもありありと思い出す。

『細雪』で得た新しい活力

大阪の船場《せんば》という土地、蒔岡《まきおか》家の四人姉妹が繰りひろげる物語は、当時結核で心さびしく暮らしていた私に、どれだけ豪奢《ごうしゃ》で絢爛《けんらん》とした印象を与えたことだったか。四人姉妹は当時の私よりもやや上の年齢だったが、同世代のひとたちがこんなに贅沢《ぜいたく》に美しく、花のように咲き誇って暮らしているかたわらで、私のまあ日常の、物質的にも精神的にも何と貧しいこと。

しかも大阪は私に無縁でなく、実家にいる頃、父に連れられて頻繁に訪れ、そのやわらかい上方《かみがた》弁の訛《なまり》もよくおぼえているばかりでなく、父の商売柄、今里《いまさと》や宗右衛門《そうえもん》町《ちょう》の色里の贅沢も子供心にかいま見てもいる。読んでいるうち、自分の子供の頃の体験がひとつひとつ呼び戻されるとともに、作中人物が旧知のひとのように思えはじめたのは、この作品をきっかけに、どん底の気持ちから這《は》い上がりたい欲に他《ほか》ならなかったのだろう。同時に、こんな美しい絵巻を描いた作家に対する深い憧憬《どうけい》と、また同時に嫉妬《しっと》も生まれ、それが私にどれほど強い刺激を与えたことだったろうか。

私には好きな作家という人はいないが、好きな作品というのはいくつかある。人にはのめり込めないが、作品にはのめり込むたちなのであろう。『細雪』はもちろん好きな作品の上位に位置していまでも動かず、その打ち込みかたは以上述べた下地があるために、いっそう生々しく強いものがある。

自分とさして遠くない場所に、こんな世界があるという発見は、こんな生活に止《とど》まっていてはいけない、としきりに私自身を駆り立て、それは新しい活力となったようだった。やがて私はまず結核から脱出し、そして農家の暮らしからぬけ出し、そのあと離婚というかたちでようやく自分を縛っていたものから解放された。いま思えば、小説に我が身を投影して感情を波立たせるなど、のぼせかたも甚《はなは》だしいが、ここら辺りがいまもって評論の苦手な私の資質というべきものなのであろう。逆にいえば、人一人死病からよみがえらせ、ふるい立たせた大谷崎の腕とは大したもので、いまやっと同業の端につながった私など、とてもその力のないのをつくづくと感じる。

今回、私は目の悪いせいもあって改めて『細雪』を読み返さずこれを書いたが、読み返せば当時の私の、羨望《せんぼう》と嘆きをいやでもせつなく思い出すにちがいないという恐れもいまだに無きにしもあらずなのである。

愛のうしろ姿

愛を絆《きずな》に生きる厳しさ

女が一旦《いったん》嫁したからは……

それは私が女学校を出た年のことだから十七歳のときだったと思う。

高知へ文楽の一行がやって来て、家がその興行の胴元を引き受けていた関係で、私は毎日のように木戸パスで見物にでかけた。お弁当もちで昼夜ぶっつづけ、熱心に見たなかで、あの「今頃は、半七つぁん」で名高い三勝《さんかつ》半七のお園のありかたにいちばん大きな衝撃を受けたことを、いまでもありありと思い出す。

戦前はどの家でもそうだったろうが、私の父親もとりわけ人の恩、世の義理をきつくいい、日頃から、

「人の恩義を忘れるような者は犬畜生に劣る」

とよく口にしていたものだった。

昔の社会というのは全般に貧しく窮屈なものだったから、お互いの人間関係に義理人情というしがらみをかけておく必要もあったのだろうか。私の父のように、若いときは放蕩無頼《ほうとうぶらい》、中年すぎから翻然悔悟して真面目《まじめ》に仕事に励みだした人間は、その間、随分と人さまのおかげを蒙《こうむ》って来たわけで、そういう自分自身の体験から、それをまるで家訓のように家族にいい聞かせていたところがある。

が、聞かされる側の私はまだ子供だったたし、義理とはどういうものか具体的に理解し得ないままいたところへ、この文楽のお園との出会いだった。浄瑠璃《じようるり》は私にとってこれが初めてではなく、小さいときから父に連れられよく聞いてはおり、忠義のためには我が子を犠牲にする『寺子屋』や『先代萩《せんだいはぎ》』などに接してあわれと思いこそすれ、それを我が身にまでひき較《くら》べて考えようとしなかったのは、主従の関係というものが充分のみこめなかったせいもあったろうか。

お園は、酒屋へ嫁入って三年になるが、夫半七は愛人三勝のもとに入りびたりで、夫婦とは名のみの間柄、怒った実家の父親は一旦お園を連れ帰ったものの、「園めは昼夜泣き悲しみ、朝夕もすすまねば、もしや病が起ろうかと」再びお園を伴って酒屋へ詫《わ》びを入れに来る。かれが「酒屋の段」で、親同士談合に入ったあと、お園一人が半七を思う心情吐露のくどきがあり、それは夫を怨《うら》むどころか、「わしという者無いならば」舅御《しゅうとご》も、子までなしたる三勝殿を家に呼び入れ、半七さんの身持ちもなおり、勘当までもなさるまいにと嘆き、そして「こらえてたべ半七つぁん」とひたすら胸のうちで詫び入るのである。

このときのお園の科白《せりふ》は強烈に私の脳裏に打ち込まれ、これが日本女性の婦鑑《おんなかがみ》というものか、私ははじめて判《わか》った思いがした。というのも、当時私は青春の入口に立っていて、結婚についての話もチラホラあっただけに、名ばかりの夫に貞節を尽くすお園のありようを決して絵そらごととは思えなかったのである。読者は信じられないかも知れないが、これを現代におきかえると、感受性のゆたかな少年少女がテレビや映画などから強い刺激を受けながら人格形成をなしていくのと同じ理屈であって、昭和十八年という当時は戦争の真っ最中、われわれが接する娯楽ものはごく稀《まれ》だったから、とくにその印象が深かったものであろう。

女が一旦嫁したからには、夫の気に入らねば婚家先で尼になとして下され、というお園の父親の言葉もひとつひとつ私の胸に刻み込まれ、それは即《すなわ》ち私自身の父からの訓戒のようにも受け取れたのである。

飢餓と病苦を救った夫

このあとまもなく、私は結婚し、子供が生まれてのち、昭和二十年三月夫とともに満州に渡った。

終戦の年の、逼迫《ひっぱく》した戦況のなかでの渡満は、着任地でも何かと不自由なことが多く、内地とは大きく変わった暮らしのなかで私はまもなく得体の知れない風土病にかかり、生死の境をさまよったあと、併発した余病のために新京に入院、そこでソ連参戦のニュースを聞き、そしてとりあえず退院して帰って来た我が家に、追いかけるように日本敗戦の知らせだった。

このときからおよそ一年、私たちは無一文の難民として収容所を転々とし、飢餓と、寒さと、病気の恐怖にふるえながら引揚げの日を待ったが、親子三人、何とか無傷で日本に戻って来られたのは、いま考えてもほんとうに奇蹟《きせき》でしかないような気がする。何しろみんな栄養失調の上に、どの収容所でもひどく不衛生で、一つの棟に一度発疹《はっしん》チフスや、結核患者が出れば、それはまるで疾風のような早さでその棟の住人ほとんどを死人にしてしまうのである。

そうでなくてさえ、ひもじさに気も狂いそうになり、当時、まだ一歳に満たぬ乳呑《ちのみ》児《ご》の我が子でさえ世話する気も起こらないほどだった。収容所の難民は、どこでも全員使役に出なければならなかったが、子供のいる女性だけは労働から免れることができたものの、それはまた、労働者にだけ特配されるわずかな食糧の恵みから外されることでもあった。

夫はさいわい頑健な体質で、たった一度の熱病を除いてはずっと使役に出ていたが、その特配の食糧をときどき持ち帰っては私に食べさせてくれた。収容所などという、常態でない暮らしをしていれば当然人の心は荒れ果て、どの夫婦を見ても互いに相手にかくれて食べものの調達をしており、それは誰しも、どんな手段を講じても無事帰りたい念願を持っているだけに許されてもよい行為だったと思う。

そのなかで、自分の食糧を減らしてでも妻に持ち帰る夫は稀であり、量は少なくはあっても、それによって私は精神的にもどれだけ救われたか、ほとんどいい知れぬものがある。

翌年九月、私たち三人は、乞食《こじき》でもこれほどではあるまいと思えるほどのひどいなりをして佐世保に上陸したが、生きて内地の土を踏んだときのそのうれしさ、これは経験者でなければとうてい判ってはもらえないことだろう。家に戻りつき、夢にまで見た肉親の誰彼に会ったときはただ涙、涙、このときほど親兄弟のなつかしさを実感したことはないと思ったほどだった。

そのとき実家の父が私にいい渡したのは、一にも二にも夫のおかげである。その恩を、終生忘れるな」

「お前が無事にこうして帰れたのは、一にも二にも夫のおかげである。その恩を、終生忘れるな」

という言葉で、それはごくすなおに私に共感できた。

満州での苦労ばなしを事こまかに報告しなくても、小さいときから体がよわく、従ってわがままに育てた娘を妻にした男がいかに苦労したか、男だけに父はそれをまっさきに察したものであろう。聞けば私はもうこの世に亡《な》いもの、とあきらめていた由《よし》で、それというのも外地での苛酷《かこく》な状況を、ニュースで知らされていたためだったといえようか。

夫は私にとって大恩あるひと、というこのときの認識は、それ以来、ずっと私を縛って放さなかった。

愛なき暮らしか義理のしがらみか

あのとき、夫がもしいなかったら、私も子供も一たまりもなく死んでいたにちがいない、という思いはしっかりと根づいており、それは引揚げののち、ときどき頭を擡《もた》げて来る離婚希求の気持ちを、その都度打ち砕くのに随分役立ったように思う。しかし、世は戦後の俄《にわか》民主主義で自由、自由、と浮かれており、価値は逆転して離婚も容易に思われるようなムードに包まれていて、私にもその誘惑はずっと去らなかった。

まさか世の風潮だけで離婚するような人もあるまいが、私の場合は戦争中、いろいろな制約のあるなかでの結婚だったから、戦後その制約が取り払われたあと、お互いにさまざまの欠点が急に露呈されたというところがある。町生まれの私にとって、夫の実家が農家だったことも、耐え難い一つの条件ではあった。

私は結局、この最初の結婚を、足かけ二十年目にご破算にしてしまったが、その離婚の前後、よくおそろしい夢を見たことをいまもまざまざと思い出す。

それは、登山姿の私が足をふみすべらせて嶮岨《けんそ》な山頂から深い谷底に宙吊《ちゅうづ》りになっている姿で、頼むは一本のザイルだけ、そのザイルもどういうわけか真ん中あたりが擦り減って細くなっており、次第次第にのびて千切《ちぎ》れようとしている情景なのである。あっ、切れる、と思うところでいつも覚め、覚めると汗びっしょりになっていて、必ず動悸《どうき》がしたものであった。

あとから思えば、この擦り減っていた部分が、私における「義理」の感覚というものではなかったろうか。事実、別れようと思うたび、いつも私の耳に聞こえて来るのは、「恩義を忘れた人間は犬畜生に劣る」という父の声であり、一旦嫁したからにはたとえ夫がどうあろうと貞節を尽くす三勝半七のお園のくどきだった。

離縁は女にとって死にまさる恥、夫婦のあいだといえども義理だけは立てねばならぬ、と楔《くさび》のように打ち込まれた観念が、私の脳裏で効力を失ったのはいったい何だったろうか。二十年間宙吊りになっていたザイルの義理の部分はぷっつりと切れ、死を覚悟ではるか谷底に落下してのち甦《よみがえ》って考えてみれば、女にとってはいかなる義理のしがらみにも勝って強かったのは、愛情のない暮らしには耐えられなかったという感情であったことが判る。

絆とは何ものでもなく、愛そのものであって、愛のない空疎《くうそ》な人間関係は、たとえ犬畜生以下の人間になり下がっても耐えられぬ、と私は思う。

愛情を絆に生きる厳しさ

子はかすがい、とよくいわれるが、子が双方のかすがいになっているうちは、お互いに自分を宥《なだ》めるだけの愛情が残っている証拠なのであろう。人間が極限状態に追いこまれたとき、血を分けたわが子であろうといかなるハンディもなく同列の生存競争のラインに立つという事実は、私がいちばんよく知っている。

満州の飢餓の時代、食べものが欲しかったのは子に与える乳を出すためではなくて、明らかに自分自身が生きのびたいためだった。こう書けば鬼のような母親、という印象を与えるかも知れないが、食糧を得るために我が子を中国人に売りわたした人もあることを思えば、この告白が極めて正直であることをお判り頂けるのではないだろうか。

昭和二十年の終戦を境に、日本人の「義理」というものの価値観は変わった、といえば少し極端かもしれないが、少なくとも女にとっては、これが生涯を決める方向ではなくなったと思う。終戦までに人生の大部分を送った女性のなかには、実家への義理、婚家先への義理に縛られ、耐えて耐えて耐えとおしたひともいるはずであり、いま私はそういう女性の生涯に仕事の上から深い興味をおぼえるのである。

いまや「大義親を滅す」などはほとんど死語となり、男でさえ「義理と褌《ふんどし》、かかされぬ」などと考える人も少なくなっているように見える。

まして女は、結婚の際、親から「二度と実家の敷居をまたぐな」といわれるような人はごく稀になっていると思われ、いまでは「嫌になったらいつでも帰っておいで」といわれる例が増えているという。戦前に成長期を迎えた私などを長いあいだ窮屈にしていた義理がうすれ、女性が自由にはばたける状況になって来たのはうれしいが、愛情だけを絆《きずな》にしてゆく暮らしかたには、それなりにまた自分自身に対する責任というものが生じるのを、決して忘れてはならないと思うのである。

母と子の絆

母と子の絆とは何か

太宰賞を受けた拙作『櫂《かい》』は、芸術座の舞台やテレビにもなりましたので、読者のなかにはひょっとして、ご存知の方もあると思います。この作品は私自身の出生にまつわる話を事実をもとにして書いたもので、大体ストーリーのとおり、作中の喜和は私の分身綾子《あやこ》のほんとうの母ではありません。

私が母と実の母子《おやこ》でないことを知ったのはいったいいつ頃だったでしょうか。たぶん父と母との離婚に始まる家の崩壊の前後だったと思いますから、小学校四、五年の時期だったように思われます。いつ、どこで、誰からそれを知らされた、という確かな記憶がないのは家のごたごたのなかで自然に嗅《か》ぎとっていったのではなかったでしょうか。

よく世間では、戸籍謄本《とうほん》を見て初めて養父母であることを知る子供の、大きな衝撃などの話を聞きますが、私は衝撃とは逆に、事実を知るとますます母の支えになってやらねばならぬ決意を固めたものでした。昔の女性は忍従一点張りの生活で、夫の浮気や暴虐《ぼうぎゃく》にも耐え続けるのがふつうでしたから、ワンマンの父親に対する反発も手伝って母への同情が募っていったようでした。母のほうも、主《あるじ》の留守勝ちな家を守るさびしさを、私をいつくしみ育てることでまぎらしていたのではなかったでしょうか。長じてのち私はすべて事情を知り、生みの母にも会う機会はありましたが、この母に対する愛情はすこしも変わりませんでした。変わるどころか、五十九歳、冬の夜のもらい風呂《ぶろ》で急死したこの母のことを思うたび、いまでもやはり不覚にも涙があふれて来るのです。生きていればもう九十歳近いはずなのに、思うのは、「何故《なぜ》生きていてくれなかったの」といううらみばかり、母というのはいくつになっても恋しく慕わしいものなのです。

ところが、何の血のつながりもない私たちでさえこうなのだから、実の母子ならさぞかしと思っていたら、この頃では自身腹をいためて生んだ子供を捨てたり、放《ほう》ったままで蒸発したりする母親の話をよく見聞きいたします。私がちょいちょい顔を出しているテレビの番組でも、親を捜す子供のよびかけを扱っていますが、実は私も昨年暮、いなくなった母親を捜す父娘《おやこ》にぶつかりました。

場所は新橋の銀座寄りの暗い裏道、夜目にもとてもかわいい顔をした女の子を連れた労働者ふうの男に呼びとめられ、お金をせがまれました。聞けば白河の在から母親を捜して東京まで出て来たものの、テレビ局でも断わられ、有金尽きてこの寒空に食べるものもないとのこと、私はこの父娘を見て、内心サギではないかという疑いを持ちながらも、そのまま素通りすることはできませんでした。帰りの汽車賃と、あたたかいおそばでもと三千円を渡し、お母さん見つかったらきっと電話してね、と名刺を渡して別れましたが、いまだに何の音沙汰《おとさた》もありません。ときどき、来年は小学校だといっていたあの女の子の顔を思い出し、あの子の母親は、自分の娘が父親とともに乞食同然の姿になっていたことを果たして知っているだろうか、と考えたりいたします。これから先、年月経て母親が女の子ともしめぐりあったとしても、母親はきっと子供から大きなしっぺ返しを食うにちがいない、とも思われたりするのです。

血はつながっていても、我が子をしっかり育てようとする自覚のない母親なら、私は、血はつながらなくとも心の通いあう母子のほうがはるかにはるかに立派だと思います。母子といえども、そこにまず人間同士のあたたかいふれ合いがなくてどうして強い絆が結ばれるでしょうか。

母のない子と子のない母と

瀬戸内海に浮かぶオリーブの島、香川県小豆島《しょうどしま》の紹介を、『母のない子と子のない母と』で作者の壺井《つぼい》栄さんは「小犬がうつむいてごはんを食べているようなかたち」と形容しています。

戦争が終わって一年ほど経《た》った頃、島には父親のいない家や息子の帰ってこない家、こちらに疎開してきてそのまま帰れない人もたくさんおりました。おとら小母《おば》さんもその一人ですが、生まれが小豆島で大阪へお嫁に行き、十八年ぶりで疎開して戻ったときにはもう親兄弟はなく、いとこに当たる西屋という家の土蔵を借りてそこで一人暮らしをしているのでした。

おとら小母さんには獅子雄《ししお》という一人息子がありましたが、少年航空兵で練習機が墜落し戦死したのです。そのせいばかりではないでしょうが小母さんは大の子供好きで、毎日土蔵のなかでミシンの内職をしたり、かたわら薬を売ったりする小母さんのまわりにはいつも子供が集まって来るのです。

島の人たちは鰯網《いわしあみ》に出たり山畑を打ったりよく働き、子供たちはみんな仲好《なかよ》しです。

風の吹く日、チビのトミオちゃんの目にメメリが入り、みんなしておとら小母さんの家へ目ぐすりをさしてもらいに行くのですがあいにく小母さんは留守で、代わりに西屋の小母さんが自分の胸から大きな乳房を出し、トミオちゃんの目にチュッとお乳を入れてやったあとペロッとなめてメメリをとってやるのです。とても微笑《ほほえ》ましい光景で、読みながら誰でも自分の小さい頃のこれに似た経験を思い浮かべてしまいます。

そのうち、おとら小母さんのいとこ捨男さんの一家が熊谷《くまがや》からこの島に引き揚げてくることになり、峠ひとつへだてた隣村に小母さんは家を構えてやるのです。熊谷の農学校の英語の先生をしていた捨男さんはソ連地区に抑留されていてまだ戻らず、一家は女学校の国語の先生をしていた光子さんとかぞえ年十一になる一郎と三つの四郎との三人です。お母さんの光子さんは病気になり、子供のせわができなくなっておとら小母さんは四郎を預かることになりました。四郎はとっくに誕生を過ぎているのにまだおしめのいる赤ん坊で、お乳も充分でなかったので発育が遅れているのですが、小母さんはやせて軽い四郎をおぶって家に帰る道すがら、亡くなった獅子雄のことを思い出してまた泣いているのでした。

小母さんは史郎や笹一や達雄やトミオたちの仲間入りをさせてもらうしるしとして、物資の乏しいなかを工面して赤飯をふかし、みんなに配りました。みんなはシロちゃんシロちゃんとよく可愛《かわい》がってくれ、そのうち史郎とまちがえるといけないというのでヨンちゃんと呼ぶことも決まりました。食べものも充分でないこの時代に、ひよわい赤ん坊を育てるのは大へんなことでしたが、小母さんはその上にまた、お母さんが亡《な》くなったあとの一郎も引き取ることになったのです。

一郎は、いを略してチロちゃんと呼ばれ、こちらの学校に転校して史郎たちと友だちになりました。最初は熊谷やお母さんのことを思い出してとてもさびしかった一郎もだんだん馴《な》れ、農繁休みには史郎の家の山畑へ麦刈りに行くのです。史郎の家もお父さんがまだ戦争から帰らず、みんなが「かぎやのじいさんよいじいさん、やかん頭のよいじいさん」とはやすおじいさんと、背が曲がって二つ折れになったおばあさん、それにリューマチのお母さんとで畑を守っていかねばならないのでした。

一郎が、神戸からこの村へ来ている喜十郎という子と二人ではじめて麦刈りを手伝った日の夜、疲れから喜十郎も一郎もおねしょをしてしまいました。一郎はやかんをひっくり返した夢をみていたのですがさめてびっくり、でも、にこにこしながら翌朝やって来た喜十郎に、小母さんは一郎をかばって自分がおねしょをしたという話をするのです。濡《ぬ》れたふとんを解きながらそんな話をする小母さんに喜十郎は、

「小母さん、ほんまのとこ言うたらな、ぼくもゆうべ夢みて、おしっこたれしたんや

で」と告白してしまいます。つられて一郎も、

「あのおしっこ、ほんとはぼくなんだよ」

と言ってしまい、小母さんは笑いながら、

「小母さんのおていさいがばれたの。ここだけの話にしておこうよね」

とやさしいのでした。

猫の手でも借りたい麦刈りの時期には小母さんは保母さんに早変わり、柿の木の下にむしろを敷いて子供を四、五人預かります。おやつには芋の粉でかんころ団子をふかし、子供たちに食べさせるのですが、お腹《なか》をこわしているヨンちゃんを小母さんは上手にあやしながら、みんなの食べ終わるまでよそに連れ出す光景もありました。

一郎の誕生日、みんなは知恵を集めて相談し、それぞれお祝いを持って一郎の家にやって来ます。トミオは親からもらった大事なさるのこしかけ、とうふ屋のクンちゃんはサザエのふたを六枚、シズエはおじいさんの手作りの草履を一足、よんこはみがきをかけて光らせてある竹トンボ、宗一は家が漁師なのでひょうたんかごの口まで入れたメバル、道子は画用紙を三枚、笹一は杉の枝につけて連れてきた女郎ぐものドンブス、史郎は夏みかんと大小二組の竹馬でした。小母さんはさあさあとみんなに上がってもらい、腕によりをかけて作った小鯵《こあじ》の姿ずしと大阪ずしをすすめるのです。こ

のごちそうを調えるために小母さんはまた自分の着物を売り、白米や魚を手に入れるのに駈《か》けずり廻ったのでした。

ある初夏の夕ぐれ、子供たちが外でこうもりこーい、ぞうりやろ、と歌って遊んでいたとき松よ門の軒下に佇《たたず》んでいた男の人が近づいて来て、きみきみ、と呼びかけ、

「きみ、一郎？　太田一郎？」

と聞き、それが復員して来た一郎のお父さんの捨男さんだったのです。

お父さんは一旦《いったん》熊谷へ行き、また隣村へも訪ねて行っていたためこんな不意のめぐりあいになったのですが、一郎は大喜びでした。このお話の最後は、お母さんを亡くした一郎とヨンちゃんが、獅子雄を亡くしたおとら小母さんを改めてお母さんと呼ぶようになる、つまりいとこ同士の捨男さんとおとら小母さんが結婚するところで終わっています。小母さんは、

「むりにお母さんなんて言わないほうがいい。小母さんなんだもの。今までどおり小母さんでいいのよ」

といいますが、一郎はどれだけうれしかったでしょうか。

この作品は最初、毎日小学生新聞に連載されたものだけに、小学生でも読めるようにごくやさしく書かれています。十二の小編連作を集めて長編のかたちをとっていま

すが、私のたったこれだけの抄録ではとうてい言い尽くせない、感動溢《あふ》れる作品にでき上がっています。

最初の「小犬のかたち」という出だしから小豆島という風土に読者を快く誘い込み、全編、この島に伝わる風俗習慣、あたたかで素朴な人情を、そこに生きる大人と子供を通じてくまなく描き出しており、「せりせりごんぼ」という、おしくらまんじゅうで遊ぶ話、史郎がリューマチのお母さんのために一郎と二人で小遣いをはたいて買った夜店の本がインチキだった話、みんなで史郎の家のおじいさんの夏みかんを盗む話など、どれも微笑ましく読みながら胸の底までなつかしいものが沁《し》み透《とお》ってゆくのを感じます。何よりも、おとら小母さんの態度を少しも押しつけがましくなく描いてあるのがこの作品のすばらしい点で、読者はかえってそこにとても感動的な母子関係を読み取ってしまうのです。

この作品は昭和二十七年度の芸術選奨文部大臣賞を受けています。いまから二十五年も前のものですが、現在読みかえしても少しも古い感じはなく、かえっていまなお読者に新鮮な感動をもたらすのは、やはりこの作品のテーマが母と子という永遠の愛を扱ってあることも一つの理由ではないでしょうか。

子を育《はぐく》む母のこころ

作者の壺井栄さんは、申すまでもなく『二十四の瞳《ひとみ》』など数々の作品で人間愛を描き続けた人ですが、昭和四十二年、気管支ぜんそくのため六十六歳で亡くなりました。文は人なりという古い言葉があるように、作品を読めばある程度作者の人となりが判りますが、とくに壺井さんの描く母子ものには作者の心象がありありと投影されています。

壺井さんは明治三十三年八月、小豆島坂手村の樽《たる》職人の五女として生まれました。兄弟十人、それに孤児を二人も引き取ったりしていましたのでいつも十五人から二十人ほどの大家族のなかで育ちました。成長するにしたがい家運傾き、九歳の頃から他家の子守りなどしながら学校に通い、高等小学校も苦学しながら通ったということです。

十五歳で村の郵便局事務員に就職、二十五歳の二月に上京して同郷の壺井繁治と結婚、現在の世田谷区三宿《みしゆく》町に住みましたが、同じ年の七月、母を失った姪《めい》をこの家に引き取りました。この頃壺井さんは筆耕の内職をして家計を支えていましたが、夫繁治氏がプロレタリア文学運動の内部対立からアナーキストに襲われて負傷、同時に内職の仕事も失いました。この頃壺井さんは姪の他《ほか》に妹二人も引き取ってめんどうを見ていましたから、暮らしはいちばん苦しかった時代ではなかったでしょうか。

このあと壺井さんは知友を得て小説を書き始めるのですが、昭和二十年終戦の年に、遠縁の孤児右文を引き取ります。壺井さん四十五歳のときで、このあと右文とか文吉を主人公にした母子ものをつぎつぎと発表してゆくのです。私も若い頃『右文覚え書』を読み、深い感銘を受けたことを覚えています。

壺井さんが『母のない子と――』を含む母子ものを発表された頃は食糧も物資も極端に乏しく、巷《ちまた》にはサギ、コソ泥があふれ、人の心もささくれ立っていました。誰も彼も、自分が生きてゆくのがやっとで、人のめんどうなどとても見きれなかったのです。私など満州で難民生活を送り、飢え死にとは紙一重の差でやっと生きのびて日本に帰りましたが、生と死ギリギリの境に立てば、子供を殺してでも自分が助かりたいという母親もなきにしもあらずなのです。げんに、引揚げ途中で中国人に子供をやったり売ったりする例もたくさんあり、その傷は終戦後三十年余の今日までもいまだに尾を引いて新聞種となっています。

ものがたくさんで暮らしも豊かな状況なら、人の子を引き取って母子の縁を結ぶのは、これはある程度できることかも知れません。が、一椀《わん》のすいとんでも家族で分け合ってすすらねばならない暮らしのなかへ、新しく子供をもらうというのはよほどの決意と愛情がなければできない行為ではないでしょうか。

　壺井さんが右文のよい母親になることができたのは、小さいときから大家族のなかで平等の扱いを受けて育ち、苦学しながら学校へ通ったことと無縁とは思えません。不況だ不況だとはいいながらも現代は戦前と較《くら》べれば大へんゆたかになりました。家族のありかたも、結婚すれば親と別居して核家族がふえてゆくばかり、子供の数も一夫婦で三人はいまや多いほうです。もしいま、遠縁の子が、親の交通事故などで突然孤児となったとき、快く引き取って育ててやる母親は果たしてどれだけいるでしょうか。

　ふたたび『母のない子と――』に戻って、私は読みながらいつもおとら小母さんに壺井さんを重ね合わせてしまうのです。右文もそうですが、このチロちゃんも決して小母さんに狎《な》れすぎず、ちゃんと自立の精神を持ち、小母さんもまたべたべたと猫かわいがりはしていません。これは実であろうと嘘《うそ》であろうと母子関係にはとても大切なことで、壺井さんはご自身の育った経験からちゃんとそのツボを心得ていたように思えるのです。そう考えてゆけば、人格形成期の幼児の環境や育てかたは一生涯、その人間の生きかたに大きな影響をもたらすものといえないでしょうか。

母と子の心の触れあい

実をいえば、私はいまだに全くの教育オンチで、学校教育や家庭の躾《しつけ》に関する発言はなにひとつできません。お恥ずかしいことですが、娘二人の学校の参観日に一度も顔を出したことがないのです。いまはもう嫁いでしまった娘たちからよくこのことの怨《うら》みをいわれますが、授業参観に行っても何だかよく判《わか》らないだろうし、教育熱心なよそのお母さまたちにも恥ずかしいと思って、萎縮《いしゅく》してしまったというのが実情です。

こんな教育オンチでいて、私は何とずうずうしく保育園の保母を七年も相つとめました。もちろん保母資格も取り、自分で児童心理学も一所けんめい勉強した上でのことですが、幼児教育の権威者から見れば、決して立派な保母とはいえなかったのではないでしょうか。保育園は家の近くにあったので、私は最初ほんの腰かけのつもりで始めたのですが、次第に深みにはまり込んでとうとう七年間も足が抜けませんでした。子供がかわゆくてかわゆくて仕方がなかったのです。当時は私も若かったし、毎日子供たちと一緒になって遊びまわり、それでまだもの足りなくて子供たちは私の自宅までいつも押しかけてきました。

私の家で風呂《ふろ》に入り、泊まってゆく子もあり、近所の人はこんな私を指して、「あのひとは家に帰ってもまだ保育園をやっている」と笑ったほどです。

私のこういうやりかたは、前記『櫂《かい》』の、喜和の私に対する育てかたとこれまた深い関《かか》わりがあると思えるのです。喜和は小学校へもろくに行かなかったため、仮名しか読み書きができない無学者でしたが、血のつながらない私をただひとつの生甲斐《いきがい》とするほど、心のたけを打ち込んでいました。いま思えば、私が早くから歯がいけなくなったのは母が寝床でさえ私に甘いものを食べさせたり、また私がいまだに猫舌なのは母がそばにつききりで熱い食物を口でふきさまして与えたからだと思うのです。その他、私がいまなお一人で魚をうまくむしれないのも、体が弱いのもほとんど母のせいと思われることが多いのです。

これは、壺井さんの母子関係と少し矛盾しているように思えますが、壺井さんは独学で教養を築きあげたひと、喜和は無知な人間という知識のちがいだけであって、その底にある生《な》さぬ仲の子供への愛情はどちらも同じことではないのでしょうか。

つまり壺井さんは実の母子でない故《ゆえ》の節度と方法論を持ち、喜和は何も理屈を知らないながら体ごと愛情の表現をしたものといえそうです。こういう喜和に育てられた私だからこそ、実の娘の躾にも方法論はなく、また保育園児とのあいだにも距離をおかなかったのでしょう。両者のいいわるいの批判は別とし、壺井さんの作品がいまなお人の心を打ち、私が母を恋いやまぬことを思えば、真実の心の触れあいは貴重なものだと思うのです。

この原稿を書き継いでいる途中、私は新聞で、実の母親がおねしょのなおらない子をせっかんし、殺したという記事を読みました。昔は子殺しは継母のしわざと決まっていたのに、最近では躾に熱心のあまり、実の子を殺してしまったという出来事を見聞きします。こういう記事を読む私の感想はいつも、「せっかく生んだ我が子なのになんてもったいない」ということで、そのかげに世間体を気にする母親のエゴを感じ取ってしまうのです。

おねしょなんて長い人生からみれば大したことじゃない、それよりも躾の、教育のとカッコつけたがる母親から子供の心が離れてゆくことのほうがずっとおそろしいと私は思います。現代は豊かさのなかでの心の荒廃がいわれていますが、血のつながらぬ母子でさえこの作品のような感動的な関係を持つことができるのを思えば、実の子との心の通いあいをよりいっそうあたためて欲しいのです。

確たる自分を生きる

時代を超える人間の本能

私は全く酒の飲めない体質だが、酒席の雰囲気は嫌いなほうではないので、ときどき、のこのこと男たちについて行ったりする。去年だったか、井上光晴氏が酔余の興にコインを取り出し、

「あなたの処女喪失について占ったげようか」

といい、誕生日を聞いてやおらじゃらじゃらやったのち、まじめな顔つきで私の耳にそっと、

「十八歳のとき。旅館の一室で。そのひととあなたは結婚しなかった。どう、当たったでしょう?」

といったとき、私は「お見事」と手を叩《たた》きながら、おかしくておかしくて笑い転げ

てしまった。

井上氏は私と同世代だからとてもストイックな青春時代を送っているはずで、戦争末期、旅館の一室で結婚相手ではないひとと一夜を共にするなど、当時まことに稀有《けう》な状態であるのを知っていての、こんな仮説の立てかたが大へんおもしろかった。まして私は満十七歳で結婚しており、青春時代というのを、〝性に興味を持ち始めた時代〟とでも定義すれば、そんな時代なんて私にはからっきしありはしないのである。

私の女学校時代を振り返ってみると、身の廻りには性に関する本など一冊もなく、そういう話題は一切耳にせず、初潮を見たときには肝をつぶして泣き、乳房の大きくなるのをひたすら恥じて隠したものだった。こんな女の子が結婚に際して全くの無知だったのは当然のことであって、ましてそれ以前、男の問題など考えるさえ堕落、と固く自戒していたものだった。もし仮に、こんな女の子に向かって旅館へ誘うような男が現われたら、女の子は男を心から軽蔑《けいべつ》し、ただちに絶交を申し渡したにちがいない。

戦争中の国家体制というのは何も性だけに限らず、人間の一切の本能を抑圧するのを美挙として国民に押しつけていたから、自由溢《あふ》れる現代の若者から見れば、われわれは哀れな時代の犠牲者と思うだろう。が、人間の本能だけは時代を超えた強靱《きょうじん》なものがあって、こんなきびしい統制下にあってもちゃんと自己を確立し、人目をひくほどの激しい恋を貫き通したひとも中にいないではない。

当時の女学校は風紀係の先生がいちばんえらくて、男学生と交際している、いわゆる〝不良〟の生徒を授業中でも平気で呼び出して説諭を与えていたが、この不良には二つのタイプがあった。一つは、相手は一人だけの純粋な恋というやつで、その相手がたまたま男学生だったため、双方の学校から不良扱いにされ、説諭、停学などの処分を受けるケース、一つは相手が複数で、派手な遊びかたをするために目立ち、学校の名にかけて、と処分されるケースだが、当時の生徒たちはこの不良レッテルの人たちには近寄らず、声を呑《の》んで見ていたものだった。

仮に前者の代表をA子、後者の代表をB子とすると、私などには両方とも遠い人だったが、ただ、思い返してA子はいつもしゃんと首《こうべ》を上げ、恥じるところもなく風紀係の先生に連れられて行った姿が妙に今も私の瞼《まぶた》の裏に残っている。当時はそれに対し、「いたましい」という感じのみでよく判らなかったが、A子B子ともに妊娠の噂《うわさ》が立っていたことを考えれば、当然肉体関係もあったのだろうか。

性は単なる行為か

　ところで、現代は性あるいは性知識の氾濫《はんらん》で、一昔前なら人前では口にできないような言葉が、日常語として使われているのには驚くばかりなものがある。大人も子供もやたらものわかりがよくなり、政治や社会悪に対しては団結して怒り狂っても、人間の本能、とくに性に対してはとても寛容でやさしい。

　先日、電車の吊《つ》り皮にぶら下がっていると、目の前の席の中学生くらいの女の子がふたり、クチャクチャとガムを嚙《か》みながら本のページを指さし、

「このお婆《ばぁ》さん、この男のひとにオカされたんだって」

「あらそう、そのお婆さんカイカンあったのかしら」

と大声で話し合っているのを聞き、こちらのほうがいたたまれなくなって早々に場所を替えてしまった。

　これは何も中学生に限らず、私がときどき顔を出しているテレビの身上相談番組でも、チーフの大島渚《なぎさ》さんは大てい、

「あなたが最初に許したのはいつ？　どこで？」

と聞いているし、聞かれた相談者はまた一人の例外もなく、その問いに対してははっきり答えている。

というのも子供から年配者まで性に対する視聴者の興味が強いからであり、また性生活がその人の人生に対して、ひとつの影響力を持つという意味合いから、個人的な寝床のなかの問題までブラウン管の前にさらけ出さざるを得ないのだろう。

そう考えれば今はとてもむずかしい時代に差しかかっており、この性の氾濫のなかで迷う人も多いというのが現実らしく、私は先日、ある評論家からこんな話を聞いた。

大学に入った娘から両親は、

「これを機会に、お酒、たばこ、セックスのうちどれを許してくれる？」

と聞かれ、

「まだ未成年だからどれも駄目」

と答えると娘は大いに拗《す》ねて、

「それじゃ高校生と同じじゃないの。大学へ入った意味がない」

と許しが出るまでハンストを宣言したという。

両親はこの処置に困りながらも、まず親の自分に相談してくれたのを喜んでいるそうで、私はこの話を聞いたとき、酒たばこの問題はさておき、セックスの可否まで親に聞かなければならないとは何ということだろうと思った。

どう考えても性は全く個人的な問題であり、たとえ親であろうとそこまで相談しないでは決められぬというのは、性に関する羞恥心《しゅうちしん》を失ってしまったか、または性は単なる行為の一つであって、愛の対象なしに考えることができるようになったか、或《あ》るいはもう一つ踏み込んで推測すれば、現代の若者は「確たる自分」を持つことがもはや不可能となってしまったか。

これを現代の風潮という言葉で甘く許すのなら、逆に戦争中の私どもの青春時代を考えて頂けばよろしく、あの統制下にあっても堂々と恋をした人もあれば、人知れず隠れて成し遂げた恋もあり、それを今頃になってやっと「実は」と告白するたくさんの人もある。どんな時代であろうと、相手を心から愛し、自分をしっかりと確かに見ていれば、躰《からだ》を許す許さないなどさして切羽詰まった問題ではないと思えるのだが、どんなものだろうか。

確かな自分の意志を大切に

この私の考えかたに対し、恋愛とは美しい錯覚だから錯覚から醒《さ》めれば必ず後悔する、という説があり、それもまた大切な真理であって、確かに人生は一時の覚悟ひとつで渡れぬものではある。前記A子B子の場合、風の噂に聞けばA子は初恋の相手と見事結婚へ漕《こ》ぎつけたものの、結婚後十年目にして子供を連れて別れたそうだし、B子のほうは少女時代の男関係がその後も続き、まともな結婚は一度もせず、いまは小料理屋をやっているという。結婚にも性にも全く無知だった私も、結婚後二十年のち離婚してしまったから、最初に躰を許した相手と生涯しあわせに添い遂げられるものとはいつの時代、どんなケースであろうと絶対にいい切れるものではない。

男はみんな狼《おおかみ》よ、という唄《うた》があるように、男性は躰の構造からして攻撃的だから美辞麗句を並べ立てて女に迫ってきがちだが、それを受け入れるか拒むかは女の側の愛の度合によるものではないだろうか。私のいちばん嫌いなのは、「確たる自分」もない儘《まま》、ずるずるべったりに躰を許し、なお別れる決断もなくその関係を続けている状態で、こういうのは単に性に対する好奇心と飢えを満たすだけのものでしかない、と極言されてもいたしかたないのである。

テレビの身上相談に現われるのは、さまざまな事情も絡《から》んで自分を見失っている人が多く、先日まことに無残なケースのひとつに、実の兄に十数年間犯され続けている、という女性があった。状況はすべて女性に対して同情的だったけれど、この女性の心のひだをめくってみれば、最初は性行為に対する興味に似たものが全くなかったとはいい切れなかったのではなかろうか、と私は一人思った。

性の氾濫のなかで、流れに逆らって自己を打ち立てるのはむずかしいことかも知れないが、考えようによっては人間この世の中で、本能をいとおしむ行為よりももっと他にしなければならぬ仕事がいっぱいあるような気がする。昔、私も愛し、今もよく引合いに出される西行の、

波寄する白良《しらら》の浜のからす貝
　拾ひ易《やす》くも思ほゆるかな

の一首は、からす貝のように安っぽく、あまたの男に拾われないのを身の誇りとする気概を詠《よ》んだもので、いい替えればやはり自分を大切に扱うという姿勢にもなるだろうか。

廻りにどんな親切な助言者がいたところで、人間の極く個人的な愛と別れについては、つまるところ、確たる自分の意志で決める以外なく、そうすることによって、責任の観念もおのずから生じてくるように私には思える。

ことばの重み

私の生家は、終戦と同時に無くなってしまった職業のひとつ「芸妓娼妓紹介業《げいぎしょうぎ》」だったから、自分の学校生活、或いは自分を取り巻く人間群像を振り返るとき、善かれ悪《あ》しかれ、この忌《い》むべき職業を抜きにして考える事は絶対にできない、といっていいほど深い関わり合いがある。

もちろん思い出のなかの先生たちも決して例外ではなく、いや例外どころか、遠足の行列が自分の家の前を通ると聞いただけで恥じ、恐れ、学校を休んでいた私に対し、いささかの配慮もなく決然と差別待遇を与えていた先生こそ、今思い返してもやはり笑い捨ててばかりもいられぬ気持ちが残る。

私が家の職業の卑《いや》しさを子供心に知ったのはいくつのときだったろうか。確か小学校二年の春、受持ちのY先生の家庭訪問の際に私が自分の家へ案内していたとき、

「あ、あそこね。看板が見える」

とおっしゃったその一言《ひとこと》が最初だったように記憶しているが、このとき少しも悪い

印象でなかったのは、Y先生が日頃私にとくに目をかけていて下さったせいもあったかと思える。しかも先生はただ看板がある、とおっしゃっただけで、職業については何もおっしゃりはしなかったから、多分私は、このとき初めて自分で自分の心のなかに恥の感覚を見つけたという事だったろう。

振り返って小学校時代、この悩みがさして深刻でなかったのは無論まだわけの判《わか》らぬ子供だった理由が大きいが、他にこの小学校が花街のなかにあって私だけ目立たなかったのもそれを助けていたのかも知れない。

決定的になったのは女学校の受験に失敗したときだった。私の小学校からは名門県立第一高女を十三人受け、落ちたのはこのなかで成績の下から二人と私との三人だったから、周囲は、

「あの子が落ちたのは家の職業のせい」

などとやかましく噂し、それを聞いた私は泣きながら家に帰って父に抗議したところ、

「職業に何の貴賤《きせん》がある。自分の不作を人のせいにするな」

と大喝され、そういわれれば口頭試問の算術がいけなかった後ろめたさがあるために、それ以上強くはいえなかった。

このときは受持ちの先生のはからいで女子師範付属の高等科を受験して通ったが、第一高女が一・八倍のゆるやかさだったのに比べ、こちらは九倍だった。第一高女失敗の原因が人の噂通りだったとすれば、同じ県立でもこちらは職業など問わないだけの度量を持つ校風だったかどうか私には判らなかったけれど、私の感覚でいえばこの二年間はまるでおもしろくなかった。おもしろくないから成績も悪く、先生にも反抗すれば始終マークされ、そのマークのされかたは家の職業のせい、という目につながってゆく。

二年後、私は女子師範を受けず私立女学校の三年編入試験を受けたが、この頃からもう家の職業に対する認識はできていたから、先生の私に対する差別ははっきりと判った。

まず編入試験に一番だったにもかかわらず入学後級長にはならず、優等生名簿からはけずられ、卒業式の在校生総代、卒業生総代は稽古《けいこ》していながらいつも土壇場《どたんば》でおろされた。後年私の問題で職員会議がたびたび開かれた由《よし》を聞き、三十人近い先生のうち、私を支持したのはたった四人、という内容を知るに及んで、私の感情が激しく波立ったのは無理というものだったろうか。

今、人間はみな寛大になり賢くなり、およそ学校教育に差別のかげなどないように見えるけれど、果たしてほんとにそうなのかどうか教育オンチの私には判らないことである。が、人格形成期の子供にとって教師の言動が如何《いか》に強い影響を与えるかを考えるとき、私などはそのもっともいい例なのではあるまいか。

私のざんげばなし

私は有名な「教育オンチ」で、娘二人を育てながらかつて一度も授業参観に行ったことがないし、世上やかましい教育問題についても、いつの時代といってこれという見解を持ったこともない。決して無関心なのではないが、正直いってよくわからないのである。

ではこういう無定見な人間は、子供を育てる以外教育とは全く無関係だったかといえば、これが娘時代に半年ほど代用教員の経験を持ち、結婚後も七年にわたって保育所の保母をしていたのだから罪深い。

もっとも私の教員生活というのは戦争も末期の、徴用のがれにやむなく奉職（これはその頃の言葉で、事大的な語感がある）していただけのことであって、その授業の内容はといえば、毎日毎日受持ちの一年生を野山に連れ出しては一緒に遊ぶばかりだった。戦争中は男が兵役に駆り出され、女先生ばかりだった状況は現代とよく似ているが、高知の県境に近い山奥のこの小学校でも男は校長一人、やっと六学級を維持していたあとの五人は、校長の奥さんと私同様の助教、または助教上がりの構成だったから、教科がどうなろうと別に誰にも叱《しか》られはしなかった。

最近では過疎《かそ》地《ち》の小学校などよくテレビで感傷的に映し出されたりするが、この時代は「定員、生徒三名猿一匹」というのや、教員は夫婦だけの「職員会は寝床の中」なんてのも珍しい話ではなかっただけに、満十七歳の私のでたらめな教員ぶりもこの辺境では大目に見てもらえたことであろう。

保育所は戦後、私の住んでいた農村に新設されたもので、職場は家から歩いてほんの三、四分の距離だった。助教時代は、期間が短いせいもあって仕事がおもしろい、というところには立ち至らなかったが、保母を始めてみると、あらゆる点でまだ未熟だったこの保育の世界がたまらなく魅力的で、私はたちまちのうちにとりことなった。

保育の指針といえば、当時はまだ厚生省の薄いパンフレットの「指導要領」しかなく、保母も自他ともに子守という認識から多くを出ていない状態だったので、言っていい放題、して仕放題の感があった。県の保育大会で、「保母の社会的地位の向上」という、当時としてはバクダン的研究発表をして退場を命ぜられたのも、いまは思い出としてなつかしい。

が、私がのめり込んだ第一の理由は、人格形成期にある子供との関わり合いのおもしろさで、この醍醐味《だいごみ》はたとえ保母といえども教育の仕事にたずさわった人間だけが知るものであろう、と思った。当時は一日八時間の保育を終えてもまだ子供たちと別れ難く、夕方には私の家の風呂《ふろ》に入りにもくればときどきは泊りにも押しかけてこられ、廻りからは「あの人は夜も昼も保育所をやっている」などと呆《あき》れられたものだった。

私が保母の職を退いたのは、こういう状態が続いた挙句の、精根尽き果てた結果だった。結局、だんだんに年を取ってゆくこちらが、無尽蔵の子供のエネルギーに負けたのだといえようか。今思えば、いつも全力疾走していた感じのあの勤めかたは、長年続くわけがないと考えられるのである。ここら辺りが技術も何もわからぬ私の「教育オンチ」たるゆえんであろう。

私の太宰《だざい》賞受賞のニュースを聞いて、助教時代保母時代の子供の幾人かが手紙をくれたり、訪ねて来たりしたが、私は昔の自分の放蕩《ほうとう》時代を見るように恥ずかしい思いだった。あれは若さにまかせ、ただ子供たちと子犬のじゃれ合うように遊び廻っただけのことである。今でも私は、「先生」と呼ばれるときふと胸に嫌悪感《けんおかん》が過《よぎ》るのは、過去にこういう恥さらしな経験を持っている為《ため》なのであろう。

出会いのこころ

師の心、弟子の心

『秋風の曲』にこめられたもの

この頃、目の衰えがひどくて夜はテレビ、読書がダメになり、専《もっぱ》ら音楽を聞くことにしているが、たまたまＮＨＫ邦楽名人選のテープをかけていて思わず居ずまいを正すような感動的な言葉に出会った。

それは箏曲《そうきょく》の米川文子さんの芸談で、あらましを記すと、

「一日中お琴ばかり弾いておりますと、立派な曲を作って下さった検校《けんぎょう》さんのことがいつも頭に浮かんで参ります。とくに光崎検校はあまりにいい曲ばかり作るので先輩の方たちから憎まれ、作曲をさし止められて京都を追放されました。私、光崎検校の『秋風の曲』が大好きでございまして、この曲を弾きますと、検校が越路《こしじ》をさして琵《び》琶湖《わこ》のまわりをとぼとぼと歩いてゆく姿、或《ある》いは馬の背に揺られながら旅を続ける姿

が絵のように頭に浮かんで参りまして、さぞや検校は悲しく、またさびしかったであろうと思うのでございます。

私、検校が亡《な》くなられたという越前の、そのおくつきどころは何処《どこ》だろう、そこでどんなふうに暮らしておいでだったろう、と一所懸命手を尽くしてたずねてみましたが、いまだにこれはまだよく判《わか》りません。ほんとうにおくつきどころはどこだろうかと、いまも捜し続けているのでございます。

でも、もしどうしても判らなかった場合、最後の手段として、私自分のために墓所を少し広く買ってございますので、ここへ光崎検校のお墓をお建てしてはどうかとこんなふうにも考えているのでございます」

と静かに語られたあと、米川さんはその『秋風の曲』を弾かれたが、しっとりと哀れに心のこもったいい演奏だった。

米川さんは明治二十七年の生まれで、箏曲の師は姉上の高橋暉寿《てるじゅ》氏より手ほどきを受け、小井手とい子、菊原琴治、豊賀大句当《だいこうとう》の諸氏から技術を伝授されており、天保年間の光崎検校とは会うはずもなくもちろん直接教わる道理もないが、名曲を通じての心の師弟という絆《きずな》で結ばれていたものだと思う。

私が感動したのは、不遇のうちに死んだと伝えられるその心の師の菩《ぼ》提《だい》を弔い、同じ墓所に眠りたいとまで望む米川さんの礼の正しさであって、これはこの頃の世相に最も欠けているものではないだろうかと思う。

師を敬うこころが培《つちか》う真実

師弟の礼節というのはなかなかきびしいもので、孔子さまの教えならずとも日本にも数々の格言はある。戦後の平等感覚は、こういう秩序をともすれば軽んじがちだけれど、米川さんに限らず、最近必要があって調べている京都の日本画壇のひとたちにもこれに似た強い師弟の結びつきがあることを知った。

例えば上村松園など、鈴木松年、幸野楳嶺《ばいれい》、竹内栖鳳《せいほう》の三人の師にそれぞれ心から傾倒し、その死に会ったときどきの嘆きようは随筆集『青眉抄《せいびしょう》』に自らさまざまと記してある。

また栖鳳門下のひとたちで、現在名を成している長老の方々も、いまなお師を惜しむ気持ちまことに露《あら》わなものがあり、取材に当たった私はひそかに自分自身恥じるところが多かった。

これらはすべて明治生まれの方々だし、またこういう徒弟制度は師のものまねから出られないという批難もなきにしもあらずだけれど、一面また全く自由放埒《ほうらつ》のなかからは強靱《きょうじん》な芸の生まれないのも事実ではなかろうか。

土佐の一絃琴《いちげんきん》グループ白鷺《しらさぎ》会のみなさんは、いまでも亡き恩師人間国宝秋沢久寿栄《くすえ》さんの墓参を欠かさないという醇風美俗《じゅんぷうびぞく》を持っている。一絃琴は衰退の一途で、いまは会員もわずかしかいないが、それでも現在の代表者稲垣積代さん以下、孤独の生涯を送った師の祀《まつ》りを絶やさないというのも、いうべくしてなかなかできることではないと思う。

芸の正しい伝承は、まず師を敬う心あってこそのことで、私などのように生まれつきの不作法者で、文学はおろか何事につけ自己流を押し通して来た人間というのは当然師への虔《つつ》しみがうすいらしく、米川さんの芸談を聞いただけで我が身の恥を突かれたような気がする。

昨今の最も嫌なニュースで、学校教師に暴力をふるう生徒があるのを聞き、しかもそれが教研集会でも取り上げられるほどの問題であることを知ってひそかに私は末世の感を持った。

義務教育は自ら選んだ芸の修行道とはいささか違うかも知れないが、根本を掘ってゆけば人間愛という大義ではつながっている。敬愛の域からさらにいでて、ともに同じ墓所で眠りたいとまでの心がけはできなくても、せめて互いにおだやかな話し合いでもできないものかというのが私の感想なのだが、考えてみれば私にそれをいう資格はないのかも知れない。

それにしても作詞蒔田《まきた》雲所《うんしょ》、作曲光崎検校の秋風の曲、長恨歌から取って楊貴妃《ようきひ》の最後を内容としたものだがこれぞ不朽の名曲、私は涙にじむ思いでしみじみと聴いた。やはり弾くひとの礼の正しさも加わっていたのであろう。

ある出会い

土佐・青源寺のたたずまいに魅せられて

高知駅から土讃線《どさん》で西へ、急行なら三十分足らずで着く佐川の町には、銘酒「司牡丹《つかさぼたん》」の醸造元がある。駅に下りたつと、町いっぱいに時期によってほんのりと或いはぷんぷんと酒の香が高く立ち罩《こ》め、上戸《じょうご》ならずともすっかりいい気分にさせられてしまう。

司牡丹の工場はいまも昔のままの頑丈な白壁造りで、この塀《へい》に沿って五分ほど歩くと、まもなく左手に城山へ曲がる小さな石の道標が見えて来る。城山は城址《じょうし》公園になっていて、ここには植物学者牧野富太郎や、維新の元勲田中光顕《みつあき》の墓所があるばかりでなく、一名奥の土居とも呼ばれるこの辺り一帯は四国一の桜の名所ともいわれ、目指す青源寺はこのだらだら坂の中腹にある。

この寺は禅の臨済宗妙心寺派に属し、開山は慶長年間と伝えられている。当時掛川《かけがわ》藩主だった山内一豊《やまのうちかずとよ》は土佐に封ぜられ、入国したとき、家老の深尾和泉《いずみ》重良に佐川一万石を与え、山内家の菩提寺建立《こんりゅう》を命じたという。深尾和泉は故郷から丈林という和尚《おしょう》を招き、命を受けた丈林は、騒々しい高知城下を避けてこの奥の土居に青源寺を開山、以来、現在の十七代目の住職まで、およそ三百七十年ほどの歴史をもつ名刹《めいさつ》である。

もっとも、建物はその後享保《きょうほ》年間に火災にあってのち再建されたものだが、それでも二百五十年以上にわたる。本堂庫裡《くり》を含めた寺域一帯、今に至るまでとても保存がいいのは、代々の住職が如何《いか》にこの寺を大切に扱って来たかの何よりの証《あか》しだといえようか。

寺格が高いだけに見るべきものがたくさんあり、まず寺の廻りの高い石垣は、これ悉《ことごと》く火打石だという。

マッチのない昔、火打石は貴重品だったが、その火打石を使って築いたこの石垣は、いまでも鍬《くわ》の先などが当たると火を発するといわれており、ときどき遠くの石工がいまでも見学にやって来るという。二間続きの茶室もみごとなもので、とりわけ下塗りの滲《にじ》み出たこの壁は他に例がないそうで、それだけに一旦《いったん》破れると補修する職人がいないといわれている。

また庭園は県の指定名勝となっていて、時節には赤いじゅうたんのようにいっせいに花ひらくさつきの中庭や、自然に湧《わ》く岩清水の池には中央に浮石、四個の石燈籠《いしどうろう》があり、まわりには多数の歩石をあしらって見飽かぬ眺めとなっている。

寺というのは、古い建物があり仏を祀る厳粛な雰囲気があっても、そこに、こちらを快く迎え入れてくれるよい寺守りがいなくてはなかなか虚心に通ってはゆけないものだが、そういう意味で私がひところ、足繁《あししげ》くこの青源寺を訪れたのはいくつくらいのときだったろうか。私がまだ高知市在住時代で、保育所の保母をしているときだったから多分三十四、五、或いはもっと前だったかも知れない。

住職夫妻の手にすがって

最初は先輩に誘われ、仕事を兼ねて行ったのだったが、私はたちまちここの住職夫妻のふところの深さに魅せられ、それからはたびたび足を向けてときには泊めてまで頂くようになった。

仕事を兼ねて、というのは、住職夫妻もこの寺の下で保育所を経営していて、夫人は県保母会の役員でもあり、当時未熟だった私にはこういう先輩のよき助言がどれほど有難く思われたことだったか。助言はまた仕事上だけでなく、人生全般にわたり、私はこの先達の生きかたを見聞きして、随分と救われたことを思い出す。

聞けば青源寺の長い歴史にも時代によって浮沈があり、明治維新の廃仏毀釈《はいぶつきしやく》のとき、十三代愚仲和尚が命をかけてこの寺を守ったあとは暫《しばら》く無住となっていたのを、宇和島からこの住職夫婦が入っていまのように再建したという。これほどの寺の再建には定めし言葉に尽くせぬ苦闘もあったはずだが、夫妻は己れの苦労話はせず、いつもさりげなく、

「しゃくなげが咲きましたよ」

とか、

「さつきが満開です」

とかのメッセージを寄越して手をさしのべてくれ、こちらもその手にすがるようにして出かけたものだった。

睡蓮《すいれん》の浮いた池の上の崖《がけ》には、こんな平地に珍しく大株のしゃくなげがあり、私はいつも客殿の廊下からそのしゃくなげやさつきのじゅうたんを眺めたり、ときには広い本堂でぼんやりと仏さまを仰いだりして気晴らしをし、心を洗われて戻って来たも

のだった。

作家生活に入ってのちも、青源寺と住職夫妻のことは忘れられず、ときどき思い立っては郷土の作家大原富枝さんや倉橋由美子さんを案内して訪れたこともある。惜しいことに、昨年この十六代住職忠道和尚は急逝《きゆうせい》し、目下は花園大学を出た嗣子道雄さんが十七代を継ぐべく修行中だという。

四国の寺といえば八十八カ所の札所ばかり有名だが、こんな名刹もあることを私はお知らせしたかった。もっとも、この記事が原因であの静かな寺域が急に騒々しくなることを私は何よりも恐れているのだけれど。

宝石箱のなかのモーツァルト

私とモーツァルトとの出会い

昔から何でも勝手気ままにものを摂取してきた悪いくせで、モーツァルトについてもそのすべてというのでなく、私の心の宝石箱のなかにしまってあるのは、ほんの僅《わず》かな作品にすぎないが、しかし品数は少なくともこれらは私にとって必要不可欠のものであって、ときには世界中の宝石に勝るほど価値高くいとしく、片時も手ばなせない代物《しろもの》といえようか。

小さいときから浄瑠璃《じょうるり》、長唄《ながうた》鳴物ばかりの世界に育った私が最初にモーツァルトに出会ったのは、小学六年のとき、音楽の時間だった。昭和十年代のことではあり、土佐の地方住まいとあって、学校教材もまだ手まわしの蓄音器だったたし、ラジオもそれほど普及しておらず、洋楽などそれまで聞いたこともなかったのである。先生は彼の名と、『トルコ行進曲』という曲名を披露したあとでレコードをまわしてくれたが、そのときの私の感動、いや快感といったほうが正しいように思え、その躍動感は、いまなお私は忘れることはできない。

曲が終わったあとで先生は私を指して感想をいいなさいとおっしゃり、私はすっかりのぼせていた頭で、

「大理石の円柱のある建物のなかで踊っているような気がしました」

と答えたところ、先生は、

「ちょっと違うね。他に」

と別の生徒を指したが、そのときは誰も答えなかった。

この『トルコ行進曲』が彼の『ピアノ・ソナタK三三一』の終楽章であることを知ったのはしばらくのちのこと、高知の町のレコード店が事務局となっていたディスククラブに私が女学校一年のとき、最年少者として入会してからである。

ディスクへは当時の土佐の最高学府高知高校の学生が大ぜい来ていて、事務局長は鶴《つる》のようにやせて品のよいおもざしのHさんだった。私をディスクへ誘ってくれたのは近所のT子M子の姉妹で、T子さんはHさんと相思相愛の仲だと聞いたのは誰からだったろうか。

いまとちがってレコードはまだすべてSP、一枚がせいぜい三、四分だから蓄音器のわきに係がついていてこまめにかけかえなければならなかったし、その扱いも、落とせば割れるし陽に当てれば反りかえり、手の脂肪がつけば針がすべって飛ぶといったありさまで、随分と気を使ったものである。

それに高知ではまだ手に入るレコードも限られていて、ウェーバーの『舞踏への勧誘』やシューマンの『流浪《るろう》の民』、ちょっと進んで『美しく青きドナウ』などを繰返し聞き、それが最高のものとして充分満足していたものだった。

『戴冠式《たいかんしき》』に出会ったのはこの会へ入ってしばらくのちのことで、これがレーオポルト二世の戴冠式に御前演奏されたものだという解説のあとで曲を聞いたとき、私は何《な》故《ぜ》かふたたびあの大理石の円柱のある殿堂のなかにひき入れられ、無限にさまよっている心地がした。外国旅行もしたことのない私が、何故大理石の殿堂なのかふしぎに思えるが、彼のピアノ曲の中核には、硬質に燦《きら》めく高貴なものをひそかに蔵しているのではあるまいか、とこれはいまでもなお私を捉《とら》えて離さぬ感覚なのである。

わが恋いわたる二枚のレコード

Hさんはそのうち結核で倒れ、T子さんとのあいだもあまりうまく行っていないという噂《うわさ》だったが、春のある一日、私は姉の使いに行くというM子さんにくっついて、高知市郊外に住むHさんにT子さんから最後のプレゼントだというレコードを届けに行った。廻りに生垣をめぐらした閑静なお宅で、Hさんは私が初めて見る大きな電蓄をどっしりおいた表の客間で寝ていたが、すぐ起き上がってそのレコードをかけた。このとき竹針をカッターで切るのもはじめて見たし、また竹針の音いろのソフトさにおどろいたことも昨日のように思い出す。このレコードが彼の『交響曲第四〇番K五五〇』だったのである。

私の記憶に誤りなければ指揮はたしかブルーノ・ワルターのはずで、レコードはずっしりと重い八枚つづきの輸入盤だった。当時子供の私に大人の恋のたてひきは判《わか》らず、はじめて聞く彼の交響曲のむずかしさに難渋し、ふとHさんの顔をみると、白皙《はくせき》の額は真っ赤に怒張して恐ろしいほど思いつめた表情で空の一点を見つめ続けていた。その様子は私の脳裏にありありと刻みつけられ、その後『交響曲第四〇番』を聞くときは必ず、その後まもなく亡《な》くなったHさんのこの顔が浮かんでくるのである。

Hさんはこのとき曲に聞き惚《ほ》れていたか、あるいはT子さんへの憤《いきどお》りを込めて空間を睨《にら》みつけていたのか知るよしもないが、私がいかに好きなモーツァルトでも交響曲のたぐいだけは、わが宝石箱に入れたくない思いがするのは、案外こんなところに遠因があるのかも知れない。


このあと戦争がはげしくなり、洋楽は敵性国家のものだとしてレコードコンサートも自由にひらけない時代に入り、戦後はよい録音のLPが登場して輸入盤もたいていのものは手に入るようになったが、こんな長い混迷の時期を経て、いま私自身が珠玉として心に抱くのは『ヴァイオリン協奏曲第五番イ長調K二一九』と、『クラヴィーアのための協奏曲イ長調K四八八』のふたつである。

とくに前者はウィーン交響楽団、指揮ベルンハルト・パウムガルトナー、アルテュール・グリュミオーの弾いたレコードが大のごひいきで、昭和三十年代のはじめこれを得た当座はぞっこん魅せられ、昼夜の別なく間断なく聞くためにすぐ擦り切れてしまった。あと補給のためにレオニード・コーガンの弾いたものを買っても、ひたすら我が恋いわたるのはグリュミオーの君であって、他の演奏者のものでは曲のおもむきからして全くちがう。

彼が作ったヴァイオリン協奏曲は偽作といわれているものを含めて生涯でただ八曲、ピアノ曲の三分の一にも足りぬ数で、しかも十代の終わり、高揚した精神のままに作られたものだけに娯楽作品だとか、華美に流れるとかの声もあるが、しかしそういう批評家の位置づけは私にとってどうでもよい。三味線、胡弓《こきゅう》、箏曲《そうきょく》など日本の絃楽器を聞き馴《な》れた私にとって、彼のヴァイオリン協奏曲ほど憧憬《どうけい》高くまた親しみやすいものはないように思えるのである。この曲の一楽章は、アペルトの名の如《ごと》くまことに堂々としていて、三味線の大薩摩《おおざつま》に通じる人間の心の深奥にひそむ律動感を誘い出す働きがあるように思う。また聞きながら悔悟の涙を流したり、ときには尖《とが》っている気持ちを鎮《しず》めたりもしてくれるのだから、稀有《けう》なる功徳《くどく》を持つ有難い曲だということもできよう。

わが身に即して聞く

ピアノのK四八八は、さきごろエッシェンバッハを郵便貯金ホールに聞きに行き、彼が日本フィルハーモニー交響楽団を指揮しながら器用にこの曲を弾くのにいたく興味をそそられ、ドイツからレコードを取り寄せてもらって疲れたときには必ず聞くようにしてある。モーツァルトはピアノの名手だからピアノ曲は縦横無尽のおもむきがあり、この曲もおもしろさでは出色のものだと思う。

昔から日本の古典芸能にたずさわる名人たちが皆西欧の音楽に興味を持ち、ことにモーツァルトファンが多いことはいまさら私がいうまでもなく、芸術は世界共通の価値を持つことのあらわれなのであろう。

ところで、私のモーツァルト像というのは、これは残念ながら甚《はなは》だもって稀薄《きはく》である。

私における絵や音楽はすべて、自分の精神生活に大きな効用をもたらすものであって、研究の対象とは少しばかりちがう。これは読書にもいえることで、たとえば源氏物語は好きであっても紫式部を知りたいという欲望は弱いのである。現存作家でもそうで、作家の誰々が好きというのではなく、作品何々が好きという態度なのはどういうわけなのだろうか。これはたぶん、私が小さいときから何につけ人に習うのが嫌いで、三味線、ピアノのたぐいもずっと独習だったし、小説もまた師となる人を持たず、同人雑誌にも入ったことのない履歴がそうさせているのだと思う。

世の芸術家たちが生みだした、生涯にそう幾度とはないよい作品だけを選んでひそかに自分の宝石箱に蔵《しま》っておくのは、鑑賞者の特権であって、逆にいえばこれは創造の仕事にたずさわる人間がみんな甘んじなければならぬ鑑賞者のわがままというものであろう。だから私は極めて変則的な聴き手であって、ただ彼の器楽曲だけを愛する、それも前記二曲だけを熱愛する手前勝手な気まぐれ者なのである。

こう告白すると多くの真摯《しんし》なモーツァルティアンに石でも投げられそうだが、Hさんの一件もあって元来交響曲は迫力がありすぎておそろしく、声楽曲はまだそのよさが判らぬというところ。これは故《ゆえ》ないことではなく、長いあいだ神経症をわずらって、いつのまにか私の体は美しく繊細な音でなければ、生理的に受けつけなくなってしまったのである。

いまでも、仕事中FMから突然オーケストラの轟音《ごうおん》が聞こえてくるとたんに動悸《どうき》がしはじめるから、ここ当分はなおこの状態が続くことだと思う。わが身に即して聞くというのは、いいかえればいちばん音楽を愛していることでもあるといえそうだが、これは詭弁《きべん》と受けとられるだろうか。

ともあれ、天才モーツァルトの姿よりも私にとって大事なのはK二一九とK四八八であり、これを愛することなら人後に落ちないと思うだけの自負は持っているのである。

女の心意気・白足袋

白足袋の美学

いつも心にくいばかりなお洒落《しゃれ》をなさっておいでの大宅《おおや》昌《まさ》さんにお会いした冬のさなか、着物の裾《すそ》から白い足袋さきをチラと見せて、

「あたし足袋はいつも単衣《ひとえ》仕立てのキャラコ」

とおっしゃられたとき、私はその場に手をついて「参りました」と平伏したい思いだった。

足もとに気をつかわない人間は着物を着る資格はない、といわれるが、たしかに汚れたりぶくぶくしたりの白足袋に出会ったときの味気なさは、それを平気で穿《は》いている人への興ざめた気持ちにつながるために、いっそ見なければよかった、と我が目を悔んだりする。

下着は汚れていても厚化粧は怠りないひとをおひきずりと軽蔑《けいべつ》するが、足袋の汚れをそれ以上に減点するのは、ここに日本人としての清潔感、大げさにいえば独特の美学ようのものが凝結しているからだろうか。

昔、洗剤も充分でない頃、足袋を真っ白に保ち続けるのは女にとってなかなかの苦労だった。足袋はぬくいうちに洗え、という教訓どおり、外出から帰れば真っ先に洗濯したものだったが、それでもおろしたてのような、眩《まぶ》しいほどの白さを保つことは難しかった。

それにうんさい底の固さ、へらを使って爪先《つまさき》をこすり、指の皮がむけるほど揉《も》んでもさっぱり落ちず、まとめて足袋の洗濯をいいつけられた女中はあまりのつらさにいつも泣いたという話もある。

戦争は女のお洒落を罪悪だと決めつけたが、しかし一方、怠けものにとってこれほど暮らしやすい時代はまたとなかったのではなかろうか。

服装はもんぺ一色、足袋の市販は止まり、白足袋どころかふだんの別珍の色足袋でさえ手に入らなかったから、人の服装など批判する資格も余裕も誰にもなかったのである。足袋はもはや防寒の目的を充たせばよいだけのものとなり、隣組などでもたびたび講習会がひらかれて型紙をもらい、どの家でも全部自分で一針一針縫ったものだった。

私など戦争中に女学校時代を送った者は、裁縫の裁目はもんぺや防空頭巾《ずきん》、足袋ばかりで、これで習った縫いかたで私は家中の足袋を何十足縫ったことだったろうか。もちろん布はありあわせだし、底は古い木綿布を重ねこぎんのように丁寧に刺したもので、そしてコハゼの金具も、なければ昔の武士のように足首で紐《ひも》で結ぶのである。

こういう足袋の通用する時代には、誰も、挨拶《あいさつ》とともにまず相手の足袋に目をやる習慣をなくしてしまい、黒ずんだものでも白足袋を穿いていれば「このせつ、改まったご挨拶でいたみ入ります」などと感激したものである。

ものがなければそれだけ思いやりの心で補う、という考え方もあるが、おろしたてのキャラコの三枚コハゼをまずピチッと足に穿き、さ、これから着付け、というときの心の勇みは、古足袋を穿いて肩身の狭い思いをするのとは雲泥《うんでい》の差で精神の緊張と高揚を呼び起こしてくれる。

お洒落の意地

女学校卒業の年、私は習っていた薙刀《なぎなた》の型を神社へ奉納することになり、黒紋付き袴《はかま》を調達し、白鉢巻き白襷《しろだすき》も手に入れられたが、さて白足袋がない。お能の舞台で、顔のうつるほど磨かれた床に白刃のように鋭い白足袋がすべってゆく緊迫感、或《ある》いはまた松風の滾《たぎ》る茶室に一点のしみもない白足袋の裏を重ね、静かに茶を点《た》てている人の姿に心そそられる日本人の血は、神聖な薙刀奉納に垢《あか》じみた古足袋を穿いて出るのは許さないものがあった。

そこで母はとっておきの蒲団《ふとん》のシーツをおろしてくれ、私はそれで白足袋を手縫いして出たのだったが、シーツの天竺《てんじく》木綿はキャラコほどの白さはなく、まあ新品だという心の満足だけのものではなかったろうか。

昔の嫁入り道具には湯具だんすという、下着ばかり入れるものを一棹《さお》持って行ったもので、このたんすの一番下の引き出しには、嫁いでのち一生穿くだけの足袋の数を入れてあったという。

昭和十九年に結婚した私の嫁入り道具は、湯具だんすどころか鏡台さえなく、衣料切符の結婚用特配でもらったスフ入りの白足袋一足は、九文三分の私の足よりはるかに大きい九文七分のぶくぶくで、爪先にちり紙を詰めて穿いたものだった。

こういう戦争中を除けば、足袋のお洒落はいくらでも可能であって、心ある方は大てい足に合わせてあつらえ、前記大宅さんのようにぴっちりと単衣仕立てで足もとを締めると、和服はいっそう美しく見える。

私が平伏するのは、年上の大宅さんが真冬でも単衣足袋を穿いて女の心意気を見せているのに対し、ひたすら私は保温、保温、を目ざしていつも市販のネル裏のものばかり、しかも洗濯の楽な合織の品を使っている。これは私が足のかたちに劣等感を持つことや、冷え症であることや、怠けものであることもさることながら、やはり明治の女性にぐいと徹《とお》った日本女性のお洒落の意地を、私などもはや失っている証拠なのではあるまいか。

愛蔵品

雑煮椀《わん》に託す想《おも》い

毎年暮が近づくとあちこちから正月用記事の依頼があるが、今年はそのなかで、べつに新年に因《ちな》まなくてよいものの、身の廻りのモノでこれと思う品を一つ、撮影させて欲しいという話があった。

大体私はあるがままの好きな人間で、情熱を込めてモノを鑑賞したり蒐集《しゅうしゅう》したりの趣味はないので、身辺見まわしてもこれといって皆様にさし出せるようなモノは何にもない。

そこで考えて、せっかく新年号だからおめでたく華やかな品がいいし、この際ひとつ正月用の雑煮椀を買い、それを写してもらおうと思った。というのは、戦前、私の生家の元旦《がんたん》のしきたりはとてもめんどうなもので、いま思い出しても身ぶるいするほど厳重だったが、一面またそういうむずかしい儀式のなかに身を馴《な》らす快感もなかったとはいえないところがある。

が、結婚して他家に出て以来、私の正月はすっかりだらしないものとなり、人間というのは堕《お》ちれば果てのない動物だなどと考えながらここ十年ほど、来客もないのをいいことにしていつも寝正月をきめこんでしまっている。

雑煮椀の購入を機会に、なまっている自分に活を入れ、且《か》つは若い者たちにも正月くらい凜然《りんぜん》と過さなければならないのを教えておこうと企《たくら》み、懇意の古美術商「甲《か》斐《い》」のご主人に、適当なうるしがあれば捜して欲しいと依頼した。

いま木地のよい本うるしの椀を買おうとすると、一客三万円以上はするが、これに蒔絵《まきえ》でもあれば五万十万とハネ上がり、しかも昔のよい品を知っている者なら、金額よりも技術を見て手をひっこめるようなものばかりになっている。

私の家の正月用道具の一式は、庶民だからもとより高価な品ではなかったろうが、しっぽく台、十段重ねの重箱、屠蘇《とそ》入れ、三重盃《みつがさね》、椀、とそれぞれどっしりした光沢を持つものだった記憶があるが、戦災に遇《あ》ったあと、父が焼跡から掘り出した雑煮椀を見て私は涙が出そうだった。

黒うるしに金で群鶴《ぐんかく》を描いたその椀は、高熱によって見るかげもなく褪《あ》せてうるしがめくれ、無残な姿となってしまっていたのである。この椀の残骸《ざんがい》は私の目にいたく灼《や》きついており、いま雑煮椀を買うのに、ま、気に入った品のないせいもあろうけれど、新品よりも古いものを志したのはやはり、どこかに私のこういう思い出がものをいったものであろう。

ほど経て甲斐のご主人が捜してくれたのは三重の秀衡椀《ひでひらわん》だった。

ほんものの秀衡椀というのは、奥州《おうしゆう》平泉の経塚から発掘された藤原家の遺品だけだといわれるが、この椀がもしそうだとするといまから八百年ほど昔の品ということになる。

なぜ脇息《きようそく》なのか

たっぷりと大ぶりの形で、三枚をいかようにも組み合わせて使えるようになっており、いちばん大きいのに飯を盛り、中の椀に汁、上の蓋《ふた》に漬物のとり合わせで食事をすませたあとは、上蓋を中に入れるとまたきちんと一個の椀のかたちで納まってしまう。

塗りはいまの南部椀と同じく、内側を朱、外側は黒うるしで、模様は外側に朱うるしで梅菱《うめびし》を描いてあり、全体が何ともいえずいい色に錆《さ》びているのだった。保存がよいのかうるしが上質なのか、これほど時代を経てもうるしはめくれもせずひびも入らず、ただ、底は箸目《はしめ》の縦横の線なりにちびて木地の見えているのが何やらひどく神々《こうごう》しい感じがする。

三代にわたって壮麗な藤原文化を築いたその時代のひとたちは、この塗椀を大事に扱い、中の食物を有難く頂いてモノに対する虔《つつま》しい気持ちを養っていたのではなかろうか。

持ち主は橋本貫志さんという。当節珍しくものの見える蒐集家だそうで、これを実際に買うとすると時価百万円だという。

私はうなり、いまもし私がそれを譲って頂くとすると、家中のガラクタをかき集めて交換してもとうてい金額に足りず、思案しながらそうこうするうち撮影の日が来て、某誌編集者とカメラの一行がやって来たのだった。編集者は秀衡椀の故事来歴を聞くなり、その場で、

「宮尾さんらしくない。これはやめよう」

という。

何故《なぜ》なら、美術的価値からいっても稀代《きたい》の名品を、主婦業のかたわら小説を書いて

いるしがない作家が持てるわけがない、と考えたものであろう。よしんば家屋敷売り払ってこの一品を買ったとしても、本来使わねば役立たぬ生活の用具を、こんなふうに宝物として扱うのは、案外合理主義の私には不似合いなことと見たらしかった。私は彼女の言葉を聞いて内心にんまりし、すぐ同意して身辺改めて見まわし、私の愛用する女持ちの脇息をさし出してこちらを撮影してもらった。人には分《ぶ》があるということを、持ち物に即して教えられた最近のひとつの経験だった。

手のぬくもり

あんまづきあい四十年

東京ではどうか知らないが、私の郷里高知などでは昔よく見かけた「あんまあんぷく」の看板を、このごろではどこへ行っても全く見かけなくなった。漢字で書けば「按摩按腹」で、それには大てい「鍼灸《しんきゅう》」という字までくっついていたから、器用なあんまさんはきっと一切を引き受けて求めに応じていたものであろう。

代わってこのごろ目につくのはなになに治療、なになに矯正の看板であって、単にあんまだけの場合でも指圧とかマッサージとかのスマートな言いかたになっている。もちろん内容も進歩発展していて、かの座頭市のように、

「つかまらせて頂きます」

とだみ声でにじり寄り、肩や腕をもみもみするだけのタイプはもう過去のものとな

り、今では人体の生理保健を勉強したうえで与えられる免許制となって、ほとんど例外なくみんな巧《うま》くなった。

私が初めてあんまをしてもらったのは、自慢にはならないけれども小学二年のときである。

母が揉《も》んでもらったあと、

「あんたもやってもらってみたら？」

と私にもすすめたところ、最初は誰もくすぐったがるというそれが、私には不思議ととてもいい気持ちだった。

もともと肩のこる体質なのか、或いはすっかり習慣化してしまったためなのか、私はこのとき以来、こんにちまで五十年近くあんまとはずっと縁が切れないでいる。私の小さいころはまだ流しのあんまはいくらでもいたが、私の親たちにはごひいきの人があり、その人の家には電話などなかったからいつも私が使いに立ち、その使い賃に私も揉んでもらうのがそのころの慣わしだった。大きくなってのち、私の体にはあんまが必要不可欠であることをつくづく知ったのは、疲れをおぼえ始めた三十代前半のあたりからだったろうか。

医者は、肩こりは胃腸からくるといい、病気の王者沢地久枝氏によれば循環器系の弱い人が頑固な肩こりになやまされるという。私は胃腸にも自信がなく、心臓も弱いほうだから両者の説はあてはまるし、なおそのうえに、精神的なものも含めて人一倍疲労感のはげしいことも、かなりな部分由来しているらしい。

人間の筋肉はわりあい横着なもので、あんまは一カ月に一度、と決めれば、一ト月目にはもう耐え切れないほど肩がこってくるし、一週間に一度、とすればそのサイクルであんまを呼ばなければならなくなる。それに、あんまの指先が征服した箇所の筋肉は必ずまた療治をほしがり、つけ上がるのである。

あんま恋いいつまでも

私のように、四十年このかた、数え切れぬほどのあんまの手にかかっている人間の筋肉は、もうほとんど未踏地の部分がなくなり、首、肩、腕、背、腰、と随分ていねいにすみずみまでやってもらわないことには、体のほうで承知しなくなった。

旅に出ると私は必ずサイクルの番外で宿にあんまを呼ぶが、ホテル専門の人は全国どこでも「おさすり」の定説どおり気張ってやらないし、こちらもまた土地の情報など聞く目的もあるゆえに多くは期待しない。が、家に来てもらう月決めの相手の技術の上手下手は、いきなりこちらの健康に関《かか》わってくるから、これはかなり重要な問題になってくる。

私はいままで、引っ越すと真っ先に地図や電話帳を見て片っ端から試し、自分の体に合ったあんまを決めてきたが、東京では流派によってどうやらなわ張りのようなものがあるらしい。

私の住んでいる地区はほとんどが整体治療というやつで、関節などをポキポキ鳴らしたり体を反らせたりの、ちょっと変わった治療法なのだが、臆病者《おくびょうもの》の私はこれはいささか恐ろしくて尻込《しりご》みせざるを得なかった。

あんま、という呼び名は、人によっては差別用語と解釈されるむきもあるかもしれないけれど、私の心情からすればこれほどなつかしいものはなく、また技術の上でも、ときどき昔恋しい思いがよみがえる。「たたきあんま」などといって、昔は平手で叩《たた》くだけの下手な技術を笑ったりもしたが、私としてはたたいたりつまんだり、ひっぱったりさすったりの、客とよもやま話をしながら、のんびりと心のこりまでほぐしてくれたあんまにいま一度めぐりあいたい思いもする。

現代は、人間の手の技術に対する評価が高まり、美容師などとともにあんまも決して「あんま上下十六文」とはいかなくなった。病気でもないのに一週一度というのは単に健康法としては随分高くつくゆえに、なるべくサイクルの間隔を長くするよう、自分で体を慣らしてゆくしかない。

考えてみれば、スポーツ選手ならともかく、マンツーマン方式で疲労をとるなど、これほどぜいたくなものはないのである。人の手に代わるものとして、いまさまざまなあんま機が市販されているがいずれも機械の味気なさを感じさせられるばかり、とうてい人間の手のあたたかみには及ばないのである。

世が進み、人間の体温を持った精巧なあんま機ができたとしても「治療」でも「矯正」でもない単なる昔のあんまに恋いわたる気は、私には永久に失われないでいると思う。

やいと

私の住んでいる団地内のクスリやさんには、たぶん私ひとりのためにだけ、いつも散らしもぐさを置いてくれてある。

昔はどこの家でも子供にアメなどなめさせながら、一年一度の土用灸《きゅう》というのを必ずすえたものだけれど、いまはもう熱くて、いたくて、皮膚にみにくい痕《あと》の残る灸などすえる家はほとんどないとみえ、クスリやさんのもぐさは私専用となっているらしい。

私のお灸信奉はいまをさかのぼる三十年前、満州からの引揚げ直後、発病した肺結核を一ツ灸でなおして以来のものである。

その頃はまだ結核の薬は何ひとつ無く、大気、栄養、安静という療養だけ、大ていは死を待つばかりの絶望的な病気だったが、終戦直後のことでこのうち私が守れたのは大気、すなわち空気のいい場所にいることだけだった。一日、私は人にすすめられて、専門の灸師ではないがとても灸おろしのうまいというおばさんを訪ねてゆき、背骨の上のほうにたったひとつ、しるしをつけてもらった。

以来あさ晩、せっせとこの灸をすえているうち、半年ほどのちには胸部の空洞はすっかり石灰質に固まり、奇蹟《きせき》といわれるほど結核はきれいになおってしまったのである。

この話をすると医者はみんな首をかしげるし、どんなもの知りの人でも灸と結核菌の因果関係はわからないというが、私は断じてこの灸が病気を撲滅したもの、と信じいまもって疑わない。

この灸が私の背なかに再び復活したのは、太宰《だざい》賞をもらい職業作家となってからのことである。

過労のため一年のうちに三度も入院したり、自律神経失調症でたびたび呼吸困難の発作に苦しめられたりすると、五十坂という年齢もあってそろそろ自分の命のたけも見えて来、いろいろなことが思われてくる。

私は元来弱くて、子供の頃は三十までのいのち、といわれたものだったが、よほど悪運が強いのか今日まで保《も》ちこたえ、こうなるといっそ欲が出てせめてあと十年、しっかりと正気で仕事をさせてもらいたいという気がする。

どうしても書かねばならぬ主題はなお内にたくさん抱えており、書きたい意欲も充分なのにスタートが遅かったため、まだ少ししか発表しておらぬ焦《あせ》りをいつも持つのである。

で、ふと思い出したのは灸おろしのあのおばさんの、「この灸は肺病だけでなく、心臓、胃腸すべてによく効きます」という言葉で、そうなれば少しでも延命の療法として、三十年近い昔の灸のあとをさぐってもらったのだった。

灸は古くから中国に伝わる手軽な民間療法で、ツボにあたれば難病でもふしぎな卓効をあらわすという。江戸時代、やいと屋という職業があって、医者と同じくらい重宝がられていたらしいが、いまでも漢方の先生や免状を持つ灸師のもとへ行けば、ちゃんとツボをさぐって初灸をおろしてくれるようになっている。

ただありがたいことに、灸には「押しずえ」とか、「一寸四方は灸のうち」とかの言葉があり、素人《しろうと》が自宅で痛いところを指で押してそこにすえてもよし、また少々ツボがずれていても効き目はある、ともいわれ、げんにいま私は、例の一ツ灸の他に押しずえでもって、背なかと腰に計九ツの灸を毎日すえてもらっている。

習慣になるとさして効き目があるかどうかわからなくなってくるが、二、三日灸を休むとてきめんあちこち悪くなるからやはり私の場合、効いているというべきだろう。

もぐさは滋賀県伊吹山《いぶきやま》が特産だが、真偽のほどは別としてその袋のうらに沢庵《たくあん》禅師の作として、

ヒゲ長く　腰曲るまで生きたくば　背《せな》と三里に灸を絶やすな

とあり、また三河国百姓万平は毎日灸して二百四十歳まで永らえたり、ともある。

二百四十歳とは望まないが、背と三里に毎日灸している私は、せめて書きたいものを書き尽くす日まで生き永らえたいと思うや切なのである。

なつかしい正月の風景

今はなつかし廻礼《かいれい》

十二月に入ると、入れかわり立ちかわりさまざまなご用聞きがやってくるなかで、子供の頃の私がいちばん待ち兼ねたのは名刺の印刷屋だった。

いまは新年の挨拶《あいさつ》は大いに略され、地方公共団体などが主催して名刺交換会をひらき、すべてをここで片づけてしまったりする向きもあるが、戦前の律義《りちぎ》な人間は、元日は足を棒にして廻礼に歩いたものである。

親戚《しんせき》、商売上の取引き先、上司知人の家にいちいち出向いて挨拶をするのだけれど、これは年賀状がまだ一般に習慣化していない頃の名残りか、あるいはまた、郵便夫が配達するだけの賀状では充分に心が届かぬという考えから出たものでもあったろうか。

ただ、来客に一人一人応じているのでは家の者も身が保《も》たないので、どこの家でも元日は玄関に名刺受けを置き、廻礼はそのなかに自分の名刺を入れて来るだけである。京都の祇園《ぎおん》祭は、一名屏風《びょうぶ》祭ともいわれるように、家重代の屏風什器《じゅうき》を表に飾り、それを人に見てもらうのだが、元日の各家の名刺受けの飾りもちょっとこれに似たおもむきがある。

間口を一間ほど開けてここに屏風を立て、緋毛氈《ひもうせん》を敷いて一段高いところに白木の三方と鏡餅《かがみもち》の飾りを置き、その下に大てい蒔絵《まきえ》の名刺受けを並べておく。屏風も金屏風であったり、由緒《ゆいしょ》ある筆蹟《ひっせき》のものや、また正月に因《ちな》んだ富士山や初日の絵柄のものと家によってさまざまで、私の家でもその年の干支《えと》によって新しく買い入れたりしたものだった。

また名刺受けも凝り、小さなものでは蓋《ふた》付きのはがき箱くらいから、来客の多い家では立派なうるしの大きな盆を出してあるところもある。いまと違ってまだ塗り物全般が安く手に入ったから、毎年目先を変えることもできたのであろう。

この他《ほか》に私の家は父の自慢の松の盆栽を飾ったり、福寿草や松竹梅の鉢も置いたりしたが、忘れてならないのはそのわきに目立たぬようにおいてある金鈴のこと。これはどうしても用のあるとき、この鈴を振ると家の者が閉めてある土間の戸を開けてあらわれるという仕組みになっている。

考えてみればこの廻礼の習慣ほどよくできたものはなく、女たちはおせち料理の用意に大晦日《おおみそか》はほとんど徹夜で朝を迎えるが、元旦《がんたん》とともに男と入れかわり、紋付袴《はかま》の男たちは名刺箱をふところに一日中市内をめぐり歩くかたわらで、女はゆっくりと火鉢のそばで体を休めることができるのである。

もし名刺受けがなかったら、女たちは大晦日に引き続いて客の応対に追われねばならず、そうなれば寝込む者の一人くらいは正月早々から出たことであろう。

心に生き続ける正月風景

私が印刷屋を待ち兼ねたのは、大人たちが百枚入りの名刺をいく箱も注文するついでにいつも子供のものも作ってくれるためで、印刷屋の見本を眺めながらあれこれ選ぶのが楽しみだった。

女持ちの名刺は男のものの半分ほどの大きさで角を丸くしてあり、表には梅や松などのおめでたい模様を色刷りにしてある。ピンクの梅の小枝を下敷きに、その上に自分の名の刷られた名刺ができ上がってくるのはうれしく、これを小さなちりめんの名刺入れに入れ、帯のあいだに挟《はさ》んで大人たちについて廻礼にまわるのである。

が、子供の足では近所まわりだけですぐ疲れ、帰って往来で羽根などついて遊ぶのがおちだけれど、実はこの羽根つきも廻礼客を見張るという下心がある。顔見知りの紋付袴が来れば駆《か》け寄って新年の挨拶をし、そうすれば客は懐《ふところ》からのしのかかったお年玉の袋をくれるのである。

親たちはそれを知っているから、「羽根はうちの庭でつきなさい」とやかましいが、子供にとっては一年一度のかせぎどき、だから雨や雪の降る正月ほど子供心にくやしいものはなかったという思い出がある。

遊び疲れて家に帰ると、おせち料理をひろげたかたわらでとろとろと居眠りしたり、カルタをとったりしている家の者の姿があり、ときどきの静寂のあいまに遠く玄関のほうからコトン、という音が聞こえてくるのは廻礼客の名刺の音、しばらくすると母など、もう名刺受けがいっぱいになったやろから、と立ってゆき、また名刺箱をあけては玄関へ並べにゆくそんな姿を思い出す。

元旦はこうして一同ひっそくし、二日は買い初《ぞ》め、初荷と人が動き出し、そしてきのうの名刺を整理する父のそばで私も何となく、色つき模様つきの子供名刺が交じっていないかな、とのぞくのである。

五つ紋黒紋付の羽織袴に改まり、ただ名刺を入れてゆくだけの廻礼だったが、この習慣がいまはひどくなつかしい。よろず儀式の廃《すた》れてゆく世にあって、心のなかにいまなお生き続ける風景である。

土佐っ子人情

「わたしの土佐」を語るについて、青い空、黒潮、カツオ、よさこい節、とこう並べたてくると、これは極彩色の絵ハガキになってしまう。絵ハガキでない土佐を語るとすればそれは、「目にも見えずかたちもないが、生きていく上において必要不可欠の酸素みたいなもの」というクイズめいた問いがあって、答えは明快に「土佐の土壌に育った厚い人情」という言葉が浮かんで来る。

私は土佐に生まれ、四十年間暮らして来た人間だから、いまもって言葉から暮らし全般土佐から離れられず、人はこんな私を「東京の土佐っ子」という。毎晩八時を過ぎると、昔ながらの方言で古い知人たちとえんえんと話し、台所には出しじゃこ、削りぶしから始まって文旦《ぶんたん》、小夏などの果物、調味料の柚酢《ゆず》まで土佐直送のものばかり、その上着物、帯、帯締めのはしに至るまで友人が見立て、仕立てて送ってくれるのである。

毎月電電公社、郵政省、国鉄貨物部から感謝状を送られてもいいくらい私の利用度は高いが、こんなに身辺土佐色で満たされていても、ときどきあの人情という酸素を胸いっぱい吸いたくなって来る。

南国の人間は楽天的で風通しがよく、皆酒がめっぽう強いから私などいつ訪れても、

「おとみさん、お帰りィ」

と賑《にぎ》やかに迎えてくれ、女同士でもたちまちイッパイの話ができ上がる。その献立ての早いことまるでプロなみで、これは、こちらは単なるダシであって、彼女たちの集まりの名目にされただけではないかと疑われるほどなのである。土地の狭さもあろうが、これは彼女たちが日頃から互いに行き来し、相手の事情をよく飲み込んでいるせいなのであろう。

土佐暮らしの長い私には小学校女学校の同窓生、保母時代の朋輩《ほうばい》、新聞放送関係と知人も多いが、こうして連中とくつろいで盃《さかずき》を傾けていると、私のふるさとは次第に鮮やかになって来る。子供の頃の私、娘時代の私、と友人の口から自分でも気づかなかった私自身の姿が浮かび上がって来るとき、私はまさしく生々しい土佐を肌に感じるのである。

こういう歓迎のしかたは何も私に限ったことではなく、このあたたかく住みよい土

佐を出て、苛酷《かこく》な都会生活を送らねばならない人たちに対する、一種のあわれみのようなものでもあるらしい。土佐出身者はよく故郷の知人から、

「病気になったら、土佐へ帰って来て寝ろ」

といわれるそうで、それは人情紙の如《ごと》き都会で病むことを、見るにしのびないという思いからなのであろう。

このせつは、開発の手が末端にまで延びて山河の姿はみるみるうちに面変わりする。移ろいやすきは人情という言葉があるけれど、当今の移ろいやすきものはふるさとの山河や絵ハガキの如き物質であって、人情は人ある限りそこに残る。

陽気で世話好きで気《き》っ風《ぷ》のよい人たちのあいだにこそ、私の土佐はいつまでも温存されることであろう。

冬眠また愉《たの》し

病いと仲良く暮らす

南国生まれの私は昔から寒さに弱いが、近年はとくにその症状が著しい。結核体質のひとは天気によって体調を左右されやすいといわれるとおり、私も典型的な「日和《ひより》病み」で、曇天の日は意欲喪失するばかりか、息苦しくてつい死を予感しがちになる。

とくに冬の冷たい雨の降る日がよくなく、そういう夜などは往復とも車で外出してもてきめん翌日は寝込むし、この頃では家のなかにいてあたたかくしていても、全身打撲を受けたように疲労し、この疲れは二、三日も続くのである。子供の頃から体が弱かったのだけれど、近頃のこのひどい疲れは何か大きな病気を抱えているのではないかと、冬になると恐怖にふるえつつ過して来ている。

ときには気の持ちようだと奮い立ち、身づくろいして外出しては元気そうにふるまってみるのだが、悪いことに疲労はいつも後からやって来、後悔に身を責められながら後の日を悶々《もんもん》と送ることになる。

今年は例年よりもぐっと寒の到来が早くて、それをいち早く知ったのは他でもない我が体だった。十月初めからノドがはれ、咳《せき》が止まらず、十一月に入ると持病の心臓のほうもおかしくなってずっと医者に通い続けている。

考えてみれば、去年暮からこっち、私にしては有史以来の量産をしており、ふだんのペースで月産五十枚が限度のものを、ずっと百三十枚前後書いて来ている。

人間が原稿を書くのに費やすエネルギーについて、ある医者は極めて少ないものだといい、ある医者は肉体労働に勝る費消だというが、私自身の感覚からいえば、家事労働よりはずっと楽だという気がある。何しろ好きなことだし、じっと坐《すわ》って字を書く仕事だから、楽器を調べるほど力も要らず、むしろ遊びの一種といったほうに近い。

しかし体だけは正確にその疲労感を記憶しているとみえて、今年は十一月初めにしてすでに息切れがし、来年春までいまの仕事量を続けてゆく自信を失ってしまった。

考えてみれば私も五十歳をとうに過ぎ、昔ふうに考えるなら人生はもう既に終わっていることになるが、しかし体力の衰えとは逆に書きたいものは年々山積するばかり、夜寝床で仕事のことを考えると興奮して眠れなくなってしまう。

いまの体力でいったいいくつまで生きられるか、というのが私に四六時中つきまとって離れない設問で、だから夜の夢などに、志なかばで倒れた人のことなどよく見るのである。昔、引き揚げて大陸から帰るとき、佐世保《させぼ》の山々を望みながらついに上陸叶《かな》わず、空《むな》しく死んでいった人々を見たが、そういう口惜《くや》しさを自分も味わいたくないとよくよく用心しているせいなのだろうか。

で、思い切って今年の冬は仕事をぐっと減らし、体の疲労にあまり逆らわないで暮らすことを決心した。幸い女性誌の連載が終わったし、新聞のほうは一カ月半ほどの書き貯《だ》めがあるのでそれを頼りにペースを落とし、あとS誌の連載は三拝九拝して休載のわがままを聞いて頂いたのである。

S誌の編集長は私に入院しての精密検査をしきりとすすめて下さるが、私は病院の建物を見ただけでふるえ上がるし、まして機械のなかに我が体をはめ込んでスイッチを入れられるなど、おそろしくてとうてい正気でできることではない。

焦《あせ》らずゆったり気を大きく

この頃は猫も杓子《しやくし》も健康、健康、と走ったりぶら下がったり、さまざまに試みているけれど、私は以前から健康増進の思想と小説を書く作業とは全然別のものだと考えていて、いまなおそこから脱し切れないところがある。作家が輝くばかりの健康に溢《あふ》れ、よい家族に取り囲まれて暮らすのを望むなら、何も隠微な小説書きなどに就業しないでもいいわけで、他にそれに即した職業をみつけたほうがほんとうに健康的な生きかたというべきだろう。

これは私の、今冬期の休養とはいささか矛盾している面もあるが、私の現在の体力で、書きたいものの満願に少しずつでも近づこうとするなら、こうして体力をひきのばしてゆくより他ないと思う。

もしや厄介な大病が体中に潜んでいるかも知れないが、それはそれでどん詰まりに来てから改めて考えれば、あの大嫌いな病院行きの覚悟も固まって来よう。

爬虫類《はちゆうるい》の冬眠は運動も摂食もやめ、全く不活発な状態に入るらしいが、りすや熊《くま》などはときどき目ざめてものを食べるそうで、私のはさしずめこの擬似冬眠に属するようである。

北国と違って東京は雪も少なく、晴天も多くて冬ごもりの環境設定には少しばかり欠けるうらみもあるが、ただ体だけは冬将軍の恐ろしさを知っているので、この冬はじっと、ただじっと寝て暮らすだけにして、まず電話線を長くする工事と、蒲団《ふとん》の手入れ、電気毛布の買い替えなど頼んである。

こうすれば寝たまま電話の応対も可能だし、何よりも自分を病人の心境に馴《な》らすこともできるので、春には元気で連載も再開できるだろうと考えている。一般には休筆を頭脳の充電期間と呼ぶこともあるらしいけれど、私の場合、疲労の最も著しいのは視力なので、冬のあいだ全く本は読めないという辛《つら》さがある。

活字がダメ、テレビも光を放射する故《ゆえ》になおダメというならあとは耳で聞くより他ないものの、こちらはどうしても音楽が多くなってしまう。長い冬、蛇や蛙《かえる》はいったい何を考えているのかな、と思い、そう思うと万物の霊長人間の有難さで、頭脳だけはどんな活動でも許される幸福を思うのである。

寝ていても考えなければならぬことはたくさんあり、私の場合いちばん時間をかけるのは単語と譬喩《ひゆ》の言葉だから、それを生んでは貯めてゆく楽しみがある。元来小説作りはモザイクの職人細工によく似ていて、大きな下絵の一端から一枚一枚言葉を嵌《は》め込んで仕上げてゆくものと私は考えており、用意した、或《ある》いは企《たくら》んだ言葉が空間にぴしりと当て嵌まった成功の喜びこそ、小説を書く人間の冥加《みようが》だと思っているからである。

今年の冬は始まりが早いだけにきっと長いことと思われ、私の冬眠期間も四カ月は必要になりそうだが、焦らずゆったりと気を大きく持って過したいと考えている。

私のいる場所

空間ゼロのわが書斎

以前、長編『陽暉楼《ようきろう》』を書くときに買い替えたステレオが音がわるくなったので、近所の電気屋に新しく組み立ててもらうことにした。

一日、どこへ据えつけるかを下見に来た電気屋を私の書斎に案内すると、そのあまりの乱雑さにびっくりし、且《か》つ組み立てる意欲を著しく沮喪《そそう》したらしく、一瞥《いちべつ》するなりすぐ帰ってしまった。

私の書斎というのは、おととしこの家に引っ越して来た際、東南の一室を当てたもので、広さは五畳ほどだろうか。それまで決まった部屋もなく、居間応接間書斎をすべて兼用していた私は大いに嬉《うれ》しく、ここを自分の使い勝手のいいようにしようと目論《もくろ》んだものだった。

東窓に寄せてまず机と椅子《いす》を置き、後ろに小箪笥《こだんす》と辞典類の本棚を二つ、前にもう二つ本棚を並べてこれは将来書く予定の資料を詰め込んである。こういう配置にすると床の空間がだいぶんでき、いちいち整理しなくても本を自由にひろげることができる。

いま思えばこの余裕の空間というのがアダとなり、引っ越し後半年とたたないうち書斎は足の踏み場もなくなってしまうのである。

まず邪魔なのが本の外箱で、欲しい本を取り出して来て使っているうち、外箱は床の上をあっちへ転がりこっちへ転がり、たまに掃除するときなど、えい捨てちゃえ、とまとめて縛ったりするもののすぐ翻然と悔悟し、いやいや、本の保存にはやはり外箱のあるほうがいい、とまた紐《ひも》をほどいて書斎の隅にあと戻りさせてしまう。

そのうち、床に本を散らかすのは立ち机のせいだと考えるようになり、助っ人を頼んで机と椅子を物置にしまい、代わりに炬燵《こたつ》と座椅子にしたところ、これは前よりももっとひどくなった。つまり炬燵では机のような引出しがないため、筆記用具や書きかけの原稿が散らばり、一日中めがねをかけてものを捜しまわらなければならないのである。

そこでまた旧に復したのはいいが、今度は足温器と、それから居間の本棚から本を取り出すためのワゴンを入れたものだからこれでほぼ満席、そこへもって何よりも健康が欲しく、思い切ってぶら下がり器を買って机の前に据えつけてしまうとこれで空間はゼロ。

生来私は不器用なたちで、とくにものの整理が苦手なくせに、仕事への欲だけは病弱の身のほどを知らぬというところがある。書きたいものがいっぱいで、夜、寝床でそのことを考え始めるとむっくりと起き上がり、水でも飲んで興奮を鎮《しず》めないと眠れなくなってしまう。だから資料は増える一方、いまでは二つの本棚になぞとうてい入り切らなくなってしまった。

資料は本だけに限らず、『陽暉楼』でステレオを買い替えたというのも、主人公が演じる長唄《ながうた》清元常磐津《ときわず》のたぐいを少しでもマスターしたいからであり、この方式で『一絃《げん》の琴』では琴を入手して日夜稽古《けいこ》に励み、『伽羅《きやら》の香』では香道具一式を買って朝夕にお香を炷《た》いた。

いまは、まもなく始まる新聞小説のために日本画の画材一式を購入して、この狭い書斎の一隅でそれを拡《ひろ》げ、独学独習で美人画のまねごとをしては楽しんでいる。厄介な性分だと人に笑われるけれど、これは自分の小説作法の自信のなさであって、形だけでも主人公の精神に近づこうとする私の焦りだろうと思うのである。

『伽羅の香』のときも、古典と格闘するかたわらよく一人で香を炷き、じっと聞いているとふとよい考えが浮かんだりして展開に随分役立ったものだった。編集者から、私の原稿がよい香りがするといわれ、書きながら炷いたわけでもないのに、と不思議な気がしたものである。

自由に心を遊ばせる部屋

こんなことをやっていると、将来にわたって主人公の仕事や趣味嗜好《しこう》にくっついてゆかねばならなくなり、考えてみればかなりしんどいことだが、また一方、未知の領域に分け入るわくわくした楽しみがある。私などものの乏しい時代に育ち、しかも中央に遠い土佐で四十年過してのち東京に移住してみれば、その文化の差がいやというほど判《わか》り、おそまきながらいま頃吸収しなければならぬものがおびただしくある。虚構に借りて私自身が知りたいものが山ほどあり、私の小説素材への興味はここから出発しているらしい。

『伽羅の香』の取材にあたり、なみの手段ではなかなか接することのできない精緻《せいち》極まりない香道具のかずかずを見せてもらえたし、取材先で名香のかけらを頂き、このなかに法隆寺の古い建材が入っていたのも冥利《みょうり》に尽きる思いだった。

私に短編が書けないというのも、一つの未知の世界をまるごと自分に取り込みたいからであって、まず惹《ひ》かれ、企《たくら》み、それから私自身おもしろくなって三昧《さんまい》に入ってゆく、という過程が極めてゆるやかだからいきおい長編にしかならないのである。自分の不器用さ、鈍感さをときになさけなく思うときもあるけれど、もう五十坂も越したことだし、いまはあきらめの境地に立ち到っている。

こう考えてくると私の書斎というのは遊びの場であって、主人公が弾く長唄を「浦島」にしようか、「紀文」にしようかと次々レコードを聞いているうちに時間が経《た》ってしまい、ついに一枚も書かないで一日が終わるなどしばしばのこと、これが日本画なら乳鉢で胡粉《ごふん》を磨《す》るのに幾日もかかることもある。

いま書斎の床は地の絨毯《じゅうたん》が見えないほどものが散らばり、それは本ばかりでなくテープや、画仙紙や筆や、レコードなどなのを見て、人は呆《あき》れ、書庫を作ることをすすめてくれるけれど、私は資料と離れて仕事をするのは嫌である。

書斎は人に見せるためのものではなし、余の時間はすべて主婦業にいそしんでいる私が、この部屋でだけ空想の世界に遊び、琴を弾いたり香を炷いたり自由自在なのだからここ当分はこのままにしておくつもり。

電気屋は私のたびたびの懇請により、やっと組み立てて持って来てくれたが、さすが本職でよく考えたもの、スピーカーを鴨居《かもい》にあげ、本体はキャスターのついた箱に内蔵してあった。

「お掃除のしやすいように、動かせる仕組みにしました」

というのを聞いて私は思わず笑ってしまった。

据えつけの作業のときも大へんで、電気屋は床の本をかき分けて足場を作り、ぶら下がり器によじ登り、テープの山をまたいで飛鳥の如《ごと》く、随分な手間だった。新しいステレオが入ったわが書斎の中、これから必要あって挑戦するのは謡曲、肺活量の少ない私がどこまで真似《まね》ができるか楽しみなところである。

土を恋う

土の匂《にお》い

なぜサラダなのでしょうか

この頃の社会ニュースのなかに、青少年の体力低下の問題がしばしば出てきますが、とくに心臓の弱さと高血圧症状が見られるとのことで、こういう話を聞きますと私などすぐ、梅干ひとつの日の丸弁当できつい勤労奉仕に耐えていた昔を思い出してしまうのです。医者はその理由として、栄養の過剰とインスタント食品のとりすぎを挙げていますが、確かにそうではあっても、そこをもうひとつ突っこんで考えてみる必要がありそうに思えます。

つまり、量を制限して運動するとか、ビタミン剤を飲むとかする前に、子供の嗜好《しこう》と、店に氾濫《はんらん》している食品の傾向を眺めまわしてみてはどうでしょうか。夕方スーパーに入ってみますと、若いひとたちが何のためらいもなくどんどん籠《かご》に入れているものは、肉、魚のパックに、特売の即席食品が目につきます。きっとこれらは子供が好きだから、という理由で買い込むやさしい親心にちがいありませんが、子供の味覚については親は責任なしとはいえないでしょう。

今日び八百屋の店先に立つと、私どもの子供時代とちがって驚くほど西洋野菜の多いのに気がつきます。セロリ、レタス、アスパラガス、カリフラワー、ブロッコリー、ラディシュなど、もうお馴染《なじ》みのものばかりで珍しくありませんが、その代わり在来の青首大根や金時人参《にんじん》、大かぶ、十六ささげなどはすっかり姿を消し、ほとんどお目にかかることがなくなりました。お分かりのように、この顔ぶれはサラダ用のものばかり、昔ながらの煮物用は全く需要がなくなっている証拠なのです。

私が野菜サラダを憎むようになったのはいつ頃からかはっきりしませんが、たぶんドレッシングの宣伝のために、テレビの画面でモデルがこれらの生野菜をもりもり食べているのを見、とっさにうさぎを連想してからだと思われます。憎むというのは嫌いという意味ではなく、ごく感覚的なもので、強いていえば愛憎でしょうか。私は好奇心旺盛《おうせい》なほうで、命の保証のある限り食品は何でも試してみるのですが、市販のドレッシングというのは、これはなかなかにおいしい。野菜のできが少々わるくても古くなっていても、これをかけて食べると舌をすっかりゴマ化せてしまうのです。しか

も ビタミンたっぷり、美容と健康、などの文句がしたたか効いていて、食べ終わったあとではテレビのモデルのように、急にとろりとした色白の肌になったような気がするからほんとに不思議なものでした。これはひょっとして怠けものの農家とドレッシングの会社が結託して作り出した、第三世界の味覚なのではあるまいか、などと半信半疑で魅せられ、毎朝決まってそれを食べては安心していたものでした。

でも、この魔力は私における限り、まもなく醒《さ》めました。というのは、尾籠《びろう》な話で恐縮ですが、いつもたくさん野菜をとってはバランスを保っていた私のおなかがまた便秘がちになり、しきりに警報を鳴らしはじめたからなのです。つまり、山型に盛りつけて、見た目にはボリュウムのあるサラダでも、煮物にすればほんの一つまみの量でしかなく、これで美容と健康は万全、などと考えていたのははかない幻影にすぎなかったようでした。それは私には、野菜は手をかけて食べるものだという観念もなお残っていて、ラップをかけたレタスを買ってきてさっと水道の蛇口にあてただけで食べるのも、やはり自分はうさぎでなく人間さまだというプライドもあったからなのでしょう。

もっと手を使って

いま魚屋へ行って一匹丸ごと買うと、

「奥さんあんた、それさばけるの？」

と、魚屋のほうがおどろくくらい、主婦の料理の手抜きが目立っていますが、野菜サラダの横行はこのこととどうも無関係ではないようです。

水道がなかった昔、あっても金のかかる水道を節約して井戸水を使っていた頃、主婦は皆、泥つきの野菜を買ってきて桶《おけ》の水を幾度も幾度もとりかえ、念入りに心をこめて調理していたものでした。食品の数もごく少なく、それに生活全般がつましかったから、どの家でも何かの客事でもない限り、魚は主人だけにつけ、ふだん家族は野菜の煮物などにつけもの、というかたちがふつうではなかったでしょうか。

そのかわり魚のあらは捨てるところなく有効に使われ、煮物や吸物のだしばかりでなく、さっと焼いては身をむしり、それであえものをおいしく味つけしたのを私などもおぼえています。いまでもときどき食べたくなるのは、大きな鉄鍋《てつなべ》いっぱい、ぶりのあらでとろりと煮込んだかぶのおいしさで、何ばいもお代わりしては満腹するまで食べたものでした。かぶに限らず、昔はどの野菜をとりあげても大へん美味に思えたのは、他《ほか》においしいものを知らなかったせいと栽培方法によるでしょうが、もうひとつ、調理する人間の心の問題もあるのではないでしょうか。

いまの八百屋の商品というのは、皮を剝《は》いで漂白した里芋、菜っぱを切りすてた大根、土を落としたごぼう、根を落とした春菊、皮をむいた豆など、主婦の手をより省くためにすっかり姿を変えてしまったものや、季節感の全くなくなったきゅうり、トマトのたぐいで占められています。こんな様子を見ると、消費者のあいだでいかに野菜が軽んぜられているか、つまり野菜がいかにつけ合わせとしか考えられていないかが一目瞭然《いちもくりようぜん》とし、私はひそかに悲しくなってしまうのです。第一、業者からして、「えんどう豆下さい」というと、「そんなもの、ないよ」「あら、ここにあるじゃないの」「それはグリンピースだよ」という世の中ですから、

「見た目がよくて簡単に食べられる品でないと売れないんだよ。そうでなくてさえお客さん、菜っぱなんか洗うのがめんどうだって缶詰の野菜ジュースに走っちゃうからね」

という話になり、そこで土を落としたり根を切ったりビニール袋に入れたりする中間業者が割り込んでくるというからくりなのです。確かに指先を真っ黒にしながらふ

きの皮を剝《む》いたりするのは厄介ですけれど、豆の皮剝きなど、子供たちに手伝わせながらのんびりと親子の対話を楽しむのもかえってまたいいものではないでしょうか。

それに、トマトのきらいな私は缶詰のジュースを愛用していますが、本来の感覚からいえばジュースは消化吸収機能の弱った病人などが摂《と》るべきもので、胃腸も歯も丈夫な人間なら、やはり形のあるものを自分の歯で嚙《か》んで食べるものだという反省は私にもあります。海の魚も陸の肉類も汚染されたいま、野菜も農薬禍はまぬがれないにしても、こちらはまだ種類の多さで幾分安全なものを選ぶこともできそうです。子供のおやつにソーセージやパックのハンバーグを与える代わりに、オーブンでこんがり焼いたおさつや、バターを落として煮たじゃがいもや、ゆでたそら豆などたっぷり食べさせてあげればいいな、などと思ったりします。

自然の味は愛の味

野菜サラダ信仰への反論として私はいつも一人で、いまの野菜はソースやドレッシングに頼らなければならないほど、おいしくなくなっているではないか、と自問自答するときがあります。確かに昔にくらべ、どの野菜も甘味に乏しく表皮がかたくなっていて、自然の滋味がほとんど感じられなくなっているのです。この原因は、採算上から栽培方法が変わってきたことと、流通機構が複雑になって、そこに人間の心のあたたかみが失われてきたためなのではないでしょうか。

たとえばいまの農家は機械化という経済性、人手不足というやむを得ぬ現実のため、ものによってはホルモンなどかけて無理に太らせ、畑で完熟しないうち収穫して出荷してしまいますし、青いままのその品は幾重もの業者の手を経ているうち、トラックのなかで熟れてくるという仕組みになっています。われわれが八百屋で見るトマトは、なるほど赤く色づいているものの、切ってみれば中身はスカスカ、畑でたっぷりと太陽を吸って熟れた味とは全くちがいます。白菜をはじめ、葉菜類のあくが強くてかたいのは霜が下りるまで畑におかないためであって、もとはといえば夏は虫がつくゆえに菜っぱは皆、冬野菜なのです。いまはなりもののみかんでさえ温室栽培が可能ですから、冬野菜の王ほうれん草が夏とれても不思議はありませんが、しかし自然の摂理に反し、歪《ゆが》められて育ったものにはまず独特の香気がないし、有難味が感じられないのです。

それに、いま八百屋の店先のものは、箱詰めのものを除いてはどこの誰が作ったものやら皆目判らず、そういう見通しの悪さが野菜一般への愛情をうすくさせているのかもしれません。戦前の昔、私など住んでいた高知の下町には、農家のおばさんたちが毎朝、自分で作った野菜をリヤカーにのせて売りにきていました。どこの家でもこのおばさんたちの、

「あたしがね、こやしをどっさりかけて大事に育てましたからね。おいしいことうけ合いですよ」

という自慢話を聞かされ、それはそのまま食卓の話題ともなって、子供の私でさえ産地名をよくおぼえたものでした。

東京では常磐線《じょうばんせん》あたりの始発電車に乗り、大きな紺木綿の風呂敷《ふろしき》に野菜をいっぱい背負って、都内へ売りにくるおばさんたちがいるのを私は以前から聞いていて、一度買ってみたいと思っていましたが、しばらく前、テレビでそのレポートを見てからちょっとがっかりしました。というのは、このおばさんたちの品は、自分の手で作ったものではなく、朝、暗いうちに立つ市場から仕入れて持ってくる仲買いの人たちだったからでした。でも考えてみれば、この大都会で、作ると売るとが同一人なんてまどろこしい役割が成り立つわけもなく、結局、消費者は十重二十重にへだてられた彼方《かなた》の生産者の苦労も知らず、生産者はまた、作物を手塩にかけようとかけまいと、どこの誰の口に入るか知ったことじゃない、と思うところに、今日の野菜蔑視《べっし》のかたちが

生まれたのかもしれません。

作る人食べる人の心の通い合い

高知では正月のぞうにに潮江《うしおえ》地区でできる、水菜によく似た潮江かぶというのを使いますが、毎年霜の下りる季節になると家中《うちじゅう》で心配し、

「今年は霜が少ないから、潮江かぶはかたいかもしれない」

とかいろいろ噂《うわさ》し合い、まるで自分の家の作物のように考えていたのがなつかしく思い出されます。この伝統は高知名物日曜市に今も受けつがれ、市民はお気に入りの産地の、お気に入りのおばさんと、たっぷり対話を交わしながら、目的のものを買えるようになっています。

またもうひとつ、野菜の地位をもう少し高めて欲しいと思われるものに、この頃よく出ている味の本があります。美味珍味というのはほとんど肉、魚ですから野菜を見落とされても怨《うら》みはいえませんが、それでもなかには一冊ぐらい、

「南瓜《かぼちゃ》は何月頃出廻るどこ産のものに限る。キャベツはどこどこのものにしかじかの味があるから是非一度試食を。鍋《なべ》ものの春菊は冬まで待って何地方から出る根つきの

ものを」などと推奨と情報を提供してくれれば、状況はかなりちがってくるのではないでしょうか。もっとも、野菜は単味ではほとんど食べられないという弱い宿命を持っていますから、合いくちの肉、魚、だしなどを併せて紹介もして頂きたく、そうなれば案外私など、産地までわざわざ食べに出かけるかもしれません。これは、越前《えちぜん》がにやかつおのたたきや、神戸《こうべ》牛松阪牛などをはるばる現地に訪ねると同じように、おいしければべつに不思議はなく、げんに山菜料理や、野菜を大切に扱う京都でも、名物のたけのこや、えび芋を食べさせる店が繁昌《はんじょう》しているのでも判《わか》ることなのです。

でもここでいう野菜の話は、見た目も美しく調理された懐石料理などではなくて、日常おそうざいの、たっぷりとすきなだけ食べられるのが条件ですから、原則的にはまず手に入りやすいことと、ねだんの安いことが叶《かな》えられなければなりません。それに、いくら名産でも食べ物の鮮度が落ちていては全く値打ちがなくなってしまいます。

去年の冬、機会あって私は郷里で抜きたての大根の煮物をごちそうになり、その滋味にほとほと感じ入ったことがありました。客を待たせておいて畑から掘り、ゆでせずさらしもせず、だしは一つまみの煮干という、そのいとも大ざっぱな料理は、私が東京で食べていた大根の煮物とは全然別ものの、甘くやわらかく心から有難いものでした。あまりのおいしさにその大根を分けて頂き、東京へ持ち帰ってふろふきにしてみますと、もはや抜きたてのあの甘味はなく、うっすらとあくさえ感じられたものです。この節の料理の本など見ますと、野菜は大ていさっとゆでて下ごしらえするように書いてありますが、私など昔はほとんどそのまま使い、たけのこでさえゆでずに掘りたてをすぐ煮たものでした。新鮮でさえあれば、だしの産地のと、むずかしいことをいわないでもよく、生のまま塩で食べても充分おいしいものなのです。

もうひとつ、今に忘れられない味に満州のとうもろこしがあります。広い土地ですから、種をまいたあとは収穫まで肥培管理などろくにしてもいないようですが、取り込んだとうもろこしはずっしりと実が入り、粒のひとつひとつは掛け値なし大人のおや指の頭ほどになっています。それを大釜《おおがま》で塩ゆでにすると粒がひとつずつ、ポン、とかすかな音をたてながら花のようにひらいてゆくのです。ゆで上がると一本の木は満開の花ざかりのようになり、その美味は何ものにもたとえがたいほど。この頃のコーンの、ゆでるとすうーっとしわのできる弱々しい実とはくらべものになりません。満州ではじゃがいもも同様で、こちらの男爵《だんしゃく》いもなど足もとにも寄れない味を持っているのは、何といっても肥沃《ひよく》な土壌のためなのでしょう。とすると、狭い土地を、休ませる間もなく使って収益をあげなければならぬ日本の農業は、なかなかにしんどいことです。

こう考えてくると、情報不足のこの大都会のなかで、日々新鮮な、おいしい野菜を食べようとすると、幾多の困難が控えているようでうんざりしますが、しかしそうかといって八百屋の当てがい扶持《ぶち》で満足していると、いまに古さをごまかすためのボイル野菜など食べさせられ兼ねないという気もします。食べものは一般に、客が文句をいうところに進歩があり、文句はまた、おいしいものを食べたいという心意気に根ざしているように思います。

昔から「七、八おいても初がつお」などと、新鮮な魚については人は意欲を示すのに、野菜については松茸《まつたけ》を珍重するくらいのもので、きゅうりなどの走りを喜ぶ声があまり聞かれないのは残念な気もします。いまわれわれが、生産者と心の通い合いを持つには、あまりにはるかで茫漠《ぼうばく》としていますけれど、それでも、

「流通を単一化して畑で完熟させ、新鮮なおいしい野菜を食べさせてほしい」

といい続けていればいつかは届くかもしれません。そうなれば八百屋の店先には土の匂いが溢《あふ》れるようになり、太りすぎたきゅうりや、葉っぱまで食べられる大根や、花の咲いたほうれん草や、固く巻いた白菜や、殻つきの落花生などが復活し、主婦はそのみずみずしさにひかれて、年来の野菜サラダばなれを起こすのではないでしょうか。私はそんな日を夢みているのです。

おふくろの味

いつの頃からかおふくろの味という言葉をたぶん世の男性たちが作り、その郷愁にこたえてそういう店もでき、もの珍しさに女の私も幾度かのぞいてみると、何のことはない里芋とこんにゃく、ひじきと油揚げの煮付け、ナッパのおひたしなどのことなのである。

要するにこれは昔のごく常識的な惣菜《そうざい》であって、何も母親に限らず隣りのおばさんでもうちの下女でも手軽に作り、また町のおかず屋にでも並べられていたしろもので、今だってちょいと一言《ひとこと》女房に頼めば家でもすぐ食べられる料理のことではないか。ただ、見た目は同じであっても、私にいわせて貰《もら》えば今のこれらの料理の素材は、郷愁のなかの昔の味とは似て非なるもの、というべく、第一野菜の味からして全く別物なのである。戦前はどこの家でも野菜をたくさん食べたし、需要とともに味の注文も多ければ、農家も美味《おい》しい野菜作りに情熱を込めたものだった。つまり皆が野菜をとても愛していて、食生活のなかで大切に扱われていたという感じがあった。

この頃、本屋に入るとよく食味についての本が多いのを見かけるが、その美味を語るなかで野菜というものの位置が不当に低いのではないか、と私はときどき考える。ま、野菜は単味では食べ難《にく》いから、しょせん魚肉のツマという宿命から逃れられないだろうし、それに、ソースやドレッシングの発達で素材そのものの味もカバーできるから、生産者が味よりも外見と量産に主力を注ぐのも無理からぬところもあろう。が、例えば、昔私などの好んで食べたほうれん草は、こやしの効いた畑にとうの立つほど長く置かれ、身の丈一メートルというジャンボなものだった。こういうほうれん草の茎には直径二センチというのもあり、中がうつぎになっていて、おひたし、バターいためにはこの茎の舌ざわりが何とも美味でそれに赤い根っこも柔らかくて快い歯ごたえがあった。

今日び八百屋に並んでいるほうれん草ときたら、輸送の関係かそれとも親切心からか、赤い根っこは短く摘まれ、身の丈二十センチにみたぬものばかり。葉の部分ばかり多くて料理の際、絞り上げた葉がなかなかほぐれないのをご存知の方も多いだろう。これでは、「ほうれん草の茎は何故《なぜ》赤い」という童話を話しても、今の子供たちがキョトンとするのももっともな話である。大体冬野菜というのは、霜を被《かぶ》らないとアクが抜けず柔らかくならないから、今のように年中ほうれん草が食べられる時代にその本味を語るのは酷というものだろう。

　昔は野菜を如何《いか》に美味しく食べるかがよく話題になり、私も子供心にブリのあらで干大根を煮たのや、むろあじと青菜の煮付け、さばとほうれん草の煮食い、金時人参《にんじん》の白和《しらあ》え、かぶの酢漬け、春菊とニロギの吸物、茎ごぼうの甘炊《あまだ》き、にんにく葉のぬた、と数えあげればきりのないほど、野菜を上手に食べさせて貰った思い出がある。

　こんにちこれらを恋いわたっても、ブリのあらはたやすく手に入らないし、あってもそれは養殖ものなどで根っから味がちがい、人参は真っ赤な金時が消え失《う》せていまは西洋人参ばかり、かぶ大根は霜と肥料の関係で皮がかたく、とろけるようなあの特有の甘さがない。どれを取っても昔そのものの味はもう見当たらないのである。

　ところで、男性がおふくろの味にあこがれる原因に、主婦の家事の手抜きと子供中心の献立がいわれるが、私もその手抜き主婦の一人としていわせて頂くと、味覚というのは甚《はなは》だ流動的かつ身勝手なものとはいえないだろうか。つまり生活全般、現代と密着している人間の口に合うものといえばしょせん現代の味覚であって、今はもうないものねだりともいえる昔の味ではないのである。

　おふくろの味ムードに付き合って、漂白のため皮が固くなり味を失った里芋を、全国画一のだしの素《もと》を使って煮ころがしてみたところで味気なさを嚙《か》みしめるばかり。今更それを常食にできないのが、こんな時代を作りあげてしまった現代人の悲しい宿命というところなのであろう。

栗《くり》と小豆の醍醐味《だいごみ》

羊羹《ようかん》と子供ごころ

日本の和菓子は地方文化の代表だという言葉があるが、甘党の人間にとってはたしかに、わが来しかたと菓子の歴史は深く関《かか》わっている。

大正末生まれ、土佐育ちの私の子供の頃は、駄菓子はともかく、上生菓子は大へん贅沢《ぜいたく》の部類に属する食べものだった。

京都や金沢、松江などの茶どころでは、茶の添えものとして菓子が贅沢とは考えられなかったかも知れないが、何しろ酒どころの土佐では三盆白《さんぼんじろ》は盆暮のお使いものの最上品だったし、それに温暖の土地でよい小豆がとれなかったから、よい菓子の生まれる道理がなく、この伝統は流通革命後のこんにちでもまだ続いている。

こんなだから、私たちの小さい頃は子供に対する親の愛情表現に菓子の量をもってするところがあった。母は私を猫可愛《ねこかわい》がりにし、小学二年まで添寝してくれたひとだったが、のべつまくなしに高い和菓子を買って食べさせてくれ、おねむにお菓子を、と寝床のなかにまで羊羹を運んでくれたりした。

衛生知識などもまだ一般になかった時代だったから、後年このために私がひどい歯痛に悩まされるともつゆ知らず、寝しなに甘いものを食べる習慣をつけさせられてしまったのである。

和菓子は何といっても小豆の味を最上とするが、子供の頃の私はどういうわけか粒あんが大嫌いだった。

近所に有名なきんつば屋があり、鉄板の上へ焼きたてを並べて売っていたが私は見むきもせず、好きなのはよく練った羊羹のとろりとした味で、いまも忘れられないものに四国琴平《ことひら》のあたぎや羊羹がある。

これは父母が旅行の際、阿波《あわ》池田で必ず買ってきてくれたもので、子供ごころにこの羊羹を食べるときの幸福感というのはちょっとこたえられなかった。

このあたぎや羊羹が駅売りから姿を消したのは昭和十六年頃だったろうか。砂糖の統制とともに、超甘党の私の苦難の時代が始まり、それは戦後もなかなか恢復《かいふく》しなかった。

育ちざかりに甘いものの得られない悲しさ、いまの若いひとたちには判《わか》ってもらえないだろうが、女学校の頃の私たちはもう砂糖、小豆の夢はとっくに捨て、干したさつまいもを煮たものでさえ狂喜して飛びついたものである。

先頃、これも甘党を以《もつ》て任ずるさる寺の和尚《おしよう》さんと話していたら、この方は檀家《だんか》からもらった三盆白が蔵に山と積まれてあったおかげで、戦時中もずっと毎日ぜんざいを食べ続けたそうで、こういう話を聞くと思わずコンチクショ、と呟《つぶや》きたくなってしまうのである。

この戦中の苦しい体験から、和菓子が自由販売になった戦後に至って私の嗜好《しこう》は断然変わり、こしあんよりも粒あんのほうに手が出るようになってしまった。思うに、長いあいだ飢えさせられた小豆を、少しでも手ごたえあるかたちで食べたかったのではなかろうか。

よい材料とよい心づかいを食べる

最近では和菓子も色、形ともにほとんど芸術的と思えるほどみがきがかかり、そしてカタログを見て注文すれば真夏でも宅急便で届けてもらえるという有難い世の中になったが、私はやはり和菓子のみなもと、小豆あんの入ったものが好きである。

長崎福砂屋のもなか、大阪八尾《やお》の桃林堂のあん玉、大津匠寿庵のもなか、松本開運堂の老松が私における四傑で、これらは年中わが家に欠かしたことがない。

殊《こと》に桃林堂のあん玉は、上質の丹波《たんば》の小豆あんで丹波栗を芯《しん》にくるみ、紙でひねっただけの素朴なものだが、私は最初これを口にしたときこれぞ正しく天の恵みだと思ったほどだった。

時期が秋だったせいかもしれないけれど、新栗の何ともいえぬよい香り、よく育った粒選《つぶよ》りの小豆のふっくらとした舌ざわり、銘菓のない土佐で育った私に、天はかくも得難い甘露をしたたらせ給《たも》うた、ほどに感じられたのである。

桃林堂の若奥さん板倉亮子さんにはちょっとしたご縁があり、人伝《ひとづ》てにお聞きすると、そのお舅《しゅうと》さんにあたる方の菓子づくりの信条というのは、

「秘訣《ひけつ》というのは何もありません。よい材料を使って一生懸命やればそれでよいのです」

との由《よし》で、こういう話を聞いてのち、桃林堂あん玉はますますよい味になったように思う。

お店は東京にも出しているものの、出かけると半日はかかるので私はいつもはがき

で亮子さんにお願いしているが、その荷ごしらえの何とこまやかなこと。人は私に「甘いものの食べすぎ」を指摘するけれど、よいあずき、よい砂糖によい心づかいを頂いて食べるお菓子はまた格別で、これなら糖尿病になって死んでも本望だとすでに覚悟のほぞを固めているのである。

かき氷

そう遠い昔ではないが、家々にまだ電気冷蔵庫のない頃、町の夏といえば、まず氷屋の氷の運搬から始まったものだった。

鋸屑《おがくず》をいっぱいまぶした氷塊をリヤカーに積み、ゴム長をはいた氷屋が冷蔵庫のある家へ朝夕に配達にやって来る。ギロチンの歯のようなでかい鋸《のこぎり》で氷塊を挽《ひ》き、切れ目が半分ほど入ったところで、その鋸の柄でとんと氷塊を叩《たた》くと一貫目、二貫目の塊になって氷が切れるのである。この氷は専《もっぱ》らものを冷やすためのもので、ときたまカチ割りを作るときぐらいにしか使えなかったから、かき氷という楽しいお菓子を食べるためには、やはり氷の字の赤い旗をたらした町の氷屋へ出かけるほかないのであった。

冬は焼芋や鯛焼《たいやき》を売っていた店が、町に氷の運搬車が現われるとともにさっぱりと様変わりし、入口にガラス玉の暖簾《のれん》などを吊《つ》るして氷の機械を据え、たちまち涼しい夏姿になる。今氷掻《か》き機は電気だろうが、私たちの子供の頃はもちろん手回しで、なかにはまだ原始的なかんなを使っていた店もあった。木枠《きわく》で四つ足の馬を作り、そのなかへ大きなかんなをはめこんで手で掻くのである。氷を掌《てのひら》に固定するために、お花の剣山のような木の板を作り、それでがっしりと氷を押さえながらちょうど鰹節《かつおぶし》を掻くようなかたちで削ってゆく。機械に比べてはかどらないことおびただしいが、そののんびり加減もまた楽しいもので、子供たちは唾《つば》を呑《の》み込みながらそばで待ったものだった。

手回しのほうは、右手でハンドルを回し、左手で皿をくるくる回しながら落ちる氷を受けてゆく。氷の目をみながらそばで、「もっと粗く」とか「細かくして」とか注文をつけると、氷屋のおばさんはチョイとネジを回し注文どおりの目のかき氷を作ってくれるのである。この頃は、かき氷といえばガラスの皿に入れてスプーンで食べるもの、と考えている人も多いだろうが、その昔のかき氷には実にさまざまな形があった。魚や梅の花やひょうたんなどの木の型に割箸《わりばし》の柄をさし、上からかき氷をつめて型を抜くもの、同じように割箸をさし、おばさんの掌のなかで丸く固めておまんじゅうのようにしたものなどに、かける蜜《みつ》も「イチゴとメロンのぼかし」とか「中がレモンで外がイチゴ」などあり、他に白砂糖をふりかけるのもあった。

気前のいい氷屋のおばさんは、近所の赤ん坊などむずかると、皿代わりに掌で受けた氷をさっと固めて赤いイチゴをかけて差し出してくれたし、またふつうのかき氷でも、蜜は必ず二重がけ、つまりアンコのように、中に一度かけた上にもう一度氷をのせて蜜をかけ、特別サービスをしてくれたものだった。

その頃でも、よく売れる氷屋はモーターでやっていたが、これは一瞬にしてでき上がり、せっかくの「待つ楽しみ」を奪ってしまったように思う。今縁日などで、さっと手早く運ばれてくるかき氷を見ると、なにやら味気ない気がしないでもないが、現代では悠長《ゆうちょう》な商売はもはや成り立たないのであろう。

甘いもの好きの私は、年寄りの冷水、と思いながら今でも夏になると必ず何回かはかき氷を食べる。目の細かい氷に、ザラ目の蜜をたっぷりかけて食べるのが好きだが、匙《さじ》を嘗《な》め嘗めあの清涼なシャリ感を舌の先で弄《もてあそ》ぶとき、今どき薄れた季節感のなかで、これだけは夏を体いっぱいに感じさせられるのである。

果物狂い

私は果物王国の土佐に生まれ育ったせいか、東京に移り住んで十年以上にもなるのに、今でもやっぱり果物だけは土佐直送のものでなければ胃袋がおさまらぬ気がする。

若い頃は、果物だけ食べて生きていたいと真剣に考えていたほどの果物好きで、また実際、長女の妊娠中はつわりのせいもあって、およそ二カ月のあいだ桃ばかり食べてやせこけていた事もあった。

今は体力に自信がなくて海外旅行はできないが、そのかわり、各国のマーケットの写真を切り抜いて大切に貯《た》めてあるのは、いつか将来、その国へ行ったときには何よりもまず写真の果物を味わってみようという、食い意地の張った下心に他ならないのである。

東京にはむろん地の産物はほとんど無いが、高級果物店にきれいに包装されて並んでいる珍しい果物というのは、どうしても日が経《た》っているだけに太陽をたっぷり吸ったたわわな感じからはやはりほど遠い。果物はまずみずみずしさ、それに天の恵みの甘さと土地の香りがなくてはならないが、もう一つ欲をいえば量産が可能な、ごく大衆的なものであって欲しい気がする。果物を宝石のように小さく切って凝った器に盛り、いかにも惜しそうに食べるのはこれは一種の邪道であって、本来は皮ごと丸かじりか、或《あ》るいは大ざっぱにむいたものにかぶりついてこそ、果物を食べる楽しみがある。

このところ、私の家の食卓を賑《にぎ》わしているのは「新高梨《にいたかなし》」という、子供の頭ほどもある、重さにすれば一個一キロ以上の、土佐特産の梨の品種である。

今年は台風の関係でやや味が落ちるといわれるが、それでも、むいているうち指のあいだからしたたり落ちる甘露と、しゃきしゃきした歯ざわりはちょっとこたえられないほどの舌のしあわせといっていい。

この梨は以前秋梨といい、その後、新潟の今村梨との交配が成功して現在の品種が生まれたもので、一般の梨が終わる晩秋から初冬にかけて収穫し、お歳暮などの贈答品としてよく使われているから、土佐に関わりはなくてもご賞味なさった方も多いであろう。

梨の終わる頃からオレンジになり、このオレンジもざっと数えて二十種近くのものが秋から翌年夏まで、随分長いあいだ食卓を楽しませてくれる。柚子《ゆず》、仏手柑《ぶしゅかん》、酢みかん等の料理専用のものを除いても、温州《うんしゅう》、紅みかん、うす皮、きぬ皮、くねぼう、はっさく、ぽんかん、ねーぶる、やつしろ、きんかん、うちむら、文旦《ぶんたん》、大夏、小夏、などのなかで、季節いっぱい私がどうしても離れられないのは文旦と小夏である。

私の子供の頃、文旦はすっぱくて必ず白砂糖をつけて食べたものだったが、その後品種の改良を重ねていまのような外見、内容ともにとてもさわやかなものを作り出した。だから私たちは、長いあいだ土佐文旦のことを改良文旦と呼んでいたものだった。小夏も同様に、以前はこぶだらけで袋も固かったのに、これは私の上京後、どんどん改良されていって今ではレモンを上回る芳香と、例えるものもないほどの鮮烈な味で土佐一番の代表的果実となっている。

他にもりんごほどの大きさの特殊な西瓜《すいか》や、濃い蜜の味のするすばらしい土佐パイン、絶えず新種が現われて喜ばせてくれるメロンなど、お国自慢を始めればきりがないが、その気持ちの内側には、土佐の果物を美味《おい》しくしたのはわれわれ土佐人自身だという、一種おかしな誇りみたいなものがある。

もちろん直接栽培、研究するのは熱心な篤農家《とくのうか》たちであるのはいうまでもないが、おらが国さの産物をいとおしみ、質を高めてゆくのはそこに住む人たちの、物に打ち込む愛情の度合いにもよるように思える。よく食べ、よく味わい、よく文句をいってこそ直接担当者にも励みがつくというものであろう。

こう考えると、果物以外の話でも、東京には皆で育て上げた味といったものがほとんど見られないのは、われわれのような、いつまでも故郷の味に固執している人間たちの寄り合い世帯という都市のせいなのであろうか。

手づくりのショール

着物の美しさは、すっきりした衿元《えりもと》が第一だが、季節によってはここがすいすいと寒いことが多い。とくに真冬は体中着ぶくれていても、衿元から入ってくる冷たい風に身震いすることもあり、これをいとも美しくカバーしてくれるのがショールである。

われわれ子供の頃は肩掛といい、この肩掛は防寒、防塵《ぼうじん》という本来の実用の他に着物の小物、帯揚げ、帯締めなどと並んで大切なアクセサリーだった。昔はあまり防寒用コートなどが普及していなかったから、誰でもショールの一、二枚は必ず持っていたもので、手製の品も随分と多かったように思う。ひと頃の娘たちは、女学校を終えて着物で外出するようになる頃、まず真っ先に自分で防寒用のショールを毛糸で手編みしたもので、肩をたっぷりとおおう大きな暖かいショールを編み上げたとき、やっと一人前になったような気がしたものだったという。

いまのお嬢さんたちが洋服のアクセサリーに目がないように、その頃はラクダのショール、ビロードのショールなどが憧《あこが》れの的であって、着物や帯は親に買ってもらっても、お小遣いを少しずつ貯めて自分で赤いビロードのショールなどをやっと買ったときの嬉《うれ》しさはのちのちまで忘れられず、それを掛けると、衿元や肩が温かいばかりでなく、何となく心まではずむ気持ちがしたという。

私などは家が花街で、着物の中で育ったようなものだったし、それに小さい時から体が弱くて、すぐ風邪をひいたりしたので、母は早くから私専用のショールをつくってくれたものだった。医者通いの往復に、男たちが首に巻く毛糸の衿巻きを借りていったりしたが、私は毛糸のチクチクするのが嫌いだったから母は子供用のそれを作ることを思いついたらしい。

たしか小学校一年の暮だったとおぼえているが、それは表が赤い縮緬《ちりめん》、裏が白のカシミヤだった。裾《すそ》に共布のフリルを付けてあり、最初首に当てたとき、縮緬の感触がひやりとして冷たいが、じきカシミヤの暖かさが体に伝わって、とても軽く使い心地がよく、このショールを私は長いあいだ愛用した。

小学三年のとき、担任の先生が県外へ転任なさることになり、ちょうど風邪気味だった私は、着物の上にこのショールをかけて母とともに駅まで送りに行った。先生は汽車からわざわざ降りて私のそばにやって来られ、ショールを手に取ってとてもほめて下さったことがいまもありありと記憶に残っている。

考えてみれば、小学生のくせにショールをするなんてとてもませた恰好《かっこう》だと思われるが、体の弱い子はどんなに綿入れの羽織など着重ねても、衿元を寒さから守るのはショールがいちばんだったのである。

その頃、家にしばらく滞在していた芸者の一人に芸名一柳さんという大そう羽ぶりのよいひとがいて、このひとの持ち物はみんな垂涎《すいぜん》の的だったが、なかでも行李《こうり》いっぱいのショールは見事なものだった。

着物に合わせてあらゆる色と材質のものを揃《そろ》えており、そのうち春と秋に使うレースのショールは一きわ豪華で、家の女たちは代わる代わる肩にかけさせてもらい、鏡をのぞいたことなど思い出す。お座敷着しか要らない芸者の身分で、外出用のショールをこれだけ集めるのはよくよくのおしゃれというべきだが、一柳さんはショールをいまのバッグのようにとり替えて用い、アクセサリーとしていたらしい。

春風に、水泡のように軽いレースのショールの裾をなぶらせながら、背を反らせて歩いていた一柳さんの姿はいまでも目に浮かんで来るが、母が私に子供用ショールを作ってくれたのは、案外この一柳さんの真似《まね》ではなかったろうか。

いまは材質にも随分拡がりができ、ショールは昔以上に楽しいものになっているが、こんなによい小物を、しかも自分の手でも作れる夢いっぱいの女らしい品を、今後も大いに重宝しようではないか。

もめんの手ざわり

ハゲズと真岡《もうか》

いまはかなりの年配者でも着物はよそゆき、ふだん着は洋服という人が多いが、私たちの小さい頃はこの反対だった。学校へは洋服を着て行くけれど、うちに帰れば着《き》馴《な》れたもめんのふだん着に着換えるのである。だからもの心ついた時分から着物はいちばん身近い衣服であって、とりわけ毎日着馴染《きなじ》んだもめんのいろいろにはいまも深い愛着がある。

着物に関わる私の最初の記憶といえば、まず捺染《なっせん》もめんの綿入れが浮かんで来る。私は土佐の花街の生まれだったから、風俗史上からいえば一般とは少しズレがあるかも知れないが、その頃下町一帯の子供の着物といえば「ハゲズ」と呼ぶこの捺染だった。

いまの洋服地の綿プリントと思ってもらえばよく、ハゲズという名称は、その頃洗えばすぐ色の剝《は》げる布が出廻っていたことに対しての一種のセールスポイントでもあったろうか。どの呉服屋でもこの大幅の巻物を店頭に山積みして売っていたが、多分値段も格別安かったものであろう。それだけにハゲズといえどもやはり色は落ちたらしく、だから滅多《めった》に洗うことのない綿入れやちゃんちゃんこに仕立ててどこの家でも少しでも長く子供に着せたものと思われる。

私はこの綿入れの着物が大嫌いだった。鮮やかなグリーンに黄や赤の菊を散らした模様だったが、グリーンという原色が好きでない上に、糊《のり》の利《き》いたもめんはゴワゴワして着にくく、寒い朝、これを着せてもらっても昼頃あたたかくなるとすぐ脱いだことをおぼえている。

この綿入れは私が幼稚園に入る前、近くの町に大火があって町内会が救援物資を集めに来たとき、母のとめるのもきかず私は自分で上げてしまった。母がよくこぼしていたように、その頃から私は着るものについてめんどうな子だったのであろう。

ハゲズはこのとき以来私の簞笥《たんす》から消えて無くなり、変わって娘時代までずっと愛用したのが真岡木綿と絣《かすり》だった。真岡木綿は一般にもうかと呼び、もうかといえば逆に縞《しま》と絣以外のもめん全体を指していたようで、いま思い返しても私の持っていた真岡木綿には随分いろいろな種類があった。いまでこそ絣は珍重されるけれど、昔、絹物の買えない下町の人たちが少しでも晴れやかに装《よそお》いたいとき、藍染《あいぞめ》一色の絣などより色も模様も実にさまざまなもうかを好んだのはよく判《わか》るのである。

現代のように衣料が豊富でない時代だったから、着物一枚買えば膝《ひざ》が抜けるまで着詰め、幾度も縫い返しては肩と裾、袖《そで》と身頃をやり変え、果ては蒲団《ふとん》表や座蒲団に、そのまた行末はハタキや足ふきマットまで用立てて大切にしたものだった。もうかといえども仕立ておろしは正月着の一張羅にもなり、

「まあ、もうかの上下、つんと着て」

などとまわりから羨《うらや》ましがられたものである。

絣は、久留米はごついために専《もっぱ》ら男の着るものとされ、流通の関係か土佐にはお隣りの伊予絣が多かったように思う。大きな絵絣は蒲団か風呂敷《ふろしき》以外、着物にしているのをあまり見かけたことはなかったが、私が最も好きだったのは大きなとんぼの模様の絣だった。

この着物がいつ頃から私の前に現われたか確かな記憶はないが、たぶんその頃、家と取引きのあった満州からの客がお土産に買ってくれたものではなかったろうか。母はこの絣を単衣《ひとえ》の中振り袖に仕立ててくれたが、毎年五月から六月にかけ、藍のぷん

ぷん匂うこの絣に若草いろのメリンスの兵児帯《へこおび》を締め、川べりを散歩したりするときの、何と気分のよかったこと。

この着物は戦時中やむなく私のもんぺとなり、セーラー服の下に穿《は》いて通学したが、大きなとんぼ模様のもんぺはよく目立ち、膝《ひざ》を破るまではよう着なかったことを思い出す。

もめんのふだん着をいとおしむ

土佐は産地でなかったためか、絣は縞に較《くら》べればそれほど多くは着ず、大人たちのふだん着は主としてガス縞か地縞だった。地縞というのは全国どこにもある。百姓家の嫁が農閑期に自家製の綿を紡《つむ》いで織る素朴な縞で、土佐でもいまに伝わるものに赤岡縞というのがある。自家製の糸というのはどうしても太くなり、従って織物は丈夫だけれどもごつくなるため、激しい労働を必要としない町の人間はしぜんに機械つむぎで糸の細いガス縞を着るようになる。

思い返せば母も兄嫁も女中たちもみんな縞、隣りも前も大人たちは悉《ことごと》く縞でいて、それでそんなに飽きた感じがしなかったのは、一口に縞とはいっても実に千変万化のおもしろ味があったせいなのだろう。玄人《くろうと》衆は花模様のものを着ない定めだからいつもふだん着は縞なのだが、選ぶ目が根っから違うのか玄人衆の縞は実に粋《いき》で水際《みずぎわ》立ち、我が家の大人たちのものはどこか野暮ったかった。

同じ縞でも玄人が着れば唐桟《とうざん》という呼び名になり、素人《しろうと》のそれはただの縞になるのはやはり着る人の心意気によるのだろうか。

このもめんも戦中戦後にかけては全く影をひそめ、そのために結婚後、私は外地から引き揚げて来て、夫の実家の農家で暫《しばら》くもめん機《ばた》を織ったことがあった。春になると、行商のかせ売りがやって来て米や麦と交換してくれるその糸をたて糸に、抜き糸は廃物利用の麻や布きれや、くず繭《まゆ》の糸など使って好きな縞を織るのである。

昔を思えば織りたい縞はたくさんあり、赤と黒の大きな蒲団縞、白黒の大名縞、黒に黄の弁慶縞、多色のやたら縞、と夢はひろがるのに、戦後のことで染料が悪く、思う色に染まらなかったり折角織り上がっても色が褪《あ》せたりでいつも夢はむざんに破れてしまうのだった。

私が、ふだん着にもめんを着なくなったのは、思うに多分この辺りからではなかったろうか。

素人が糸を惜しんでつましく織った着物はむらがあったり出来が悪かったりで、着てちっとも楽しくなかったし、第一重くてとても肩がこるのである。重いものを着ればいきおい非活動的になるし、坐《すわ》れば坐りじわや膝が丸く出て手入れが厄介になる。私は次第にもめん離れし、一時は箪笥《たんす》のなかに浴衣《ゆかた》の一枚もない時期もあったけれど、あの肌ざわりの快さは忘れられず、近年また縞も絣も芝居仕立てにして少しずつ増えつつある。

もう三、四年前、小説『陽暉楼《ようきろう》』を書くとき、まもなく七十歳になるというもと芸《げい》妓《ぎ》の某さんを訪れたことがあった。エプロンのままで出て来たその人はやや厚手の水色の綿ブロードを着物に仕立て、小花模様の綿プリントの小さな帯を結んでいて、「私はいまでも洋服は着ません。お風呂を洗うときでもこれに襷《たすき》をかけてやるんです」

といい、私をびっくりさせたものだった。

若い頃から定めしいいものばかり着馴れたこの人が、年をとってもふだん着にもめんを捨てないばかりか、工夫して洋服地を着物に仕立てるその心ばえに私は瞬間胸が熱くなったことを思い出す。

今年の初夏あたりから、私もそろそろ絣で過す日常を考えてみることにしよう。

わが棲《す》み家

今からかれこれ十年ほど前のこと、例年遊びに出かける京都の顔見世興行のとき、常宿にしている都ホテルがとれなくて祇園《ぎおん》の近くにある古い旅館を知人から紹介してもらった。

なかなか風雅な家で、京都特有のうなぎの寝床の奥まった一室をあてがわれたが、部屋には炬燵《こたつ》、よく炭火のおこった火鉢、屛風《びょうぶ》、とたたずまいもなつかしく、障子の外側は疏水《そすい》の流れというおもむきで心も落ち着きすっかり気に入ってしまった。何もかも私の好みに合っており、よい旅館を紹介してもらったと大いに喜び、その夜は控えの間で眠ったが、さて夜が明けてみると大へんな咳《せき》と洟水《はなみず》、完全に風邪をひいてしまったのである。

よく見れば、古い建築だから障子のたてつけ襖《ふすま》のたてつけには悉く《ことごと》一、二センチの隙間《すきま》があり、また見事な彫りをしてある欄間からはすーすーと風が入って来る。木造の日本家屋というのは見た目にはまことによいものの、外気を遮断する層が薄いのでたとえかっちりした建築でも同じように風邪をひいただろうと私は思った。

とりあえず私は風邪薬を飲み、東京を出たときは暖かくて持って来なかったショールを京都の店で買い、ほうほうのていで帰って来たのだったが、それ以来、冬の旅は京都に限らず日本家屋の旅館はごめんである。

私はずっと公団住宅の十二階に住んでおり、鉄筋の建物というのは住み心地として多少の圧迫感と、また上階からの物音のわずらわしさとを除けば酷寒酷暑に耐え得る最も健康的な建物だと思う。少し心臓の弱い私は冬になると寒さから身をかばうのに懸命だが、鉄筋の建物にいる限り、夜中に何度便所に起きても少しも寒くはないし、また上階にあるため夏は窓を開けはらって寝ても侵入者の心配も少なく、それに外出のときは鍵《かぎ》一つで出られるという便利さもあって実利この上もない建物である。

ずっと古い世界を描き続けている私ならさぞかし風流な茶室ふうの住居を好み、机に向かって仕事をすると思われがちだけれど、実はこういう理由でたとえばカンヅメでどこかに閉じこめられるときでも、やっぱりちゃんとした鉄筋のホテルを指定する。庭つき木造の離室《はなれ》だと、昼間だけの仕事場にしてもあまりに開放的で気分が沈潜してゆかず、ものを書くのには適していないのである。

今の住居は一昨年移って来たものだが、移転について考えていたのはやっぱり鉄筋のマンションだった。いま地価が高くて宅地はなかなか買えないし、たとえ買えたとしてもここに独力で鉄筋の住居を建てる資力はさらにないので、将来にわたって私にとって木造一戸建てというのは魅力がうすい。

今の住居はマンションで、マンション特有の圧迫感を少しでも少なくしたもの、という私の希望が悉くかなえられ、四室しかない部屋の全部に下までの出入口がついている。マンションの設計は個人ではいかんとも成し難い不便さがあるが、ここはどういう天の恵みか一戸だけ売れ残っていた部屋が偶然にもこんなよい設計だったのである。

居室は七十五平方メートルぐらいで極く狭いけれど、これと同じくらいの広さのベランダがあり、ここにちょっとした庭園を作ってもらったので大いに気分がいい。

住居というのは決して人に見せるためのものでなく、自分の住み心地、使い勝手が第一だから、私はこの家のあちこちに天井までの書棚を作り、書斎には思うさま資料を散らかし、極めて気ままに好きなように住んでいる。

鉄筋住まいを始めてから正月や夏休みなどの保養にも一切出かけなくなったし、出ていても早々に我が家に戻りたくなってくる。

何よりも風邪ひかず病気せず、も少し長生きして書きたい仕事を片づけたいので、そのためにはいまの我が家がいちばん我が体に適していると思うのである。

土の道

私が狛江《こまえ》に引っ越してきたのは五十四年の六月だから、ここではまだ新参、大きな顔をしてわが町を語る資格はないのかも知れない。

多摩川の下流、南六郷《みなみろくごう》に十年近くもいた私が何故《なぜ》川をさかのぼってここに居を構えたかというと、それはある雨の夕方のこと、狛江駅の近くの娘の家を訪ねた帰り、もう完成間近だったマンションをひやかしてみる気になった。工事現場を通り、一つだけ売れ残っているという四階の一室に上がってみると、前が梅林、東が自然林という好環境で、それに梅林のわきにはいまどき珍しい未舗装の道がある。

年々近代化してゆく多摩川筋の都市のなかにあって、駅から七、八分の場所でいまだに土の道があるとは、と私は驚き、さっそく駆け下りて泥をこねかえしながら百メートルほどその道を歩いてみた。靴の上からだけれどもこの感触、この確かさ、遠い昔捨て去っていたあるなつかしさが蘇《よみがえ》り、私はすぐさまこの地へ引っ越しを決めたのだった。

住みついて事情が判《わか》ってみれば、何のことはない土の道は私有地の一部なのだが、朝、ベランダから眺めていると、とりどりの服装の登校児、お勤めの男女、犬の散歩の老人から自転車までこの道を往《ゆ》き来する。気のせいかコンクリートの上を歩く人間よりも、それらの人々の遠影はやわらかく美しく、そして素朴である。

が、生活の場として狛江を見るとき、ここは土の道同様、まだ都市計画も充分とはいえず、タクシーが三台も並べば人の歩く道もなくなるほどの駅前の狭さや、まとまった商店街がないこと、夕方のラッシュ時にはいらいらしながら踏切で五、六台もの電車をやりすごさなければならず、また幹線道路の世田谷通りの慢性的な渋滞にはうんざりする。

スーパーは散在し、雑貨衣料を扱うところと、そうでないところがあるため、日常の用には自転車も必要である。

しかし土の道の存続と都市化の波とはしょせん同居できぬ運命にあり、その意味では狛江の町の極めてゆるやかな都市化への移行は、私の感覚と根本のところで合っていると思う。

駅の近くにはまだ無人の野菜売り場が二、三カ所もあって、料金を入れる石油缶には幾重にも祈禱札《きとうふだ》や「正直にお金を入れて下さい」の貼《は》り紙がしてあるのを見ると、必ずしも勘定が合ってはいないらしいが、しかしいまなお続いているのは嬉《うれ》しく、私などこの売り場の熱烈なファンである。

治安はお隣りの調布署の管轄《かんかつ》だが、お巡りさんに聞くと狛江は昔から犯罪の少ないところで、あっても空き巣やコソ泥程度だという。市内の中学、高校に非行の少ないのも自慢の一つだといわれ、以前の南六郷が蒲田《かまた》署管内で、殺人強盗など嫌な話題に事欠かなかったことを思えばこの静穏はもの書きの私にとって有難い。

狭い日本でわが町と定めようとすれば、いまどきすべての条件が充たされるわけもなく、何かを捨てねばならないのは当然のことで、私は何よりも狛江の自然を第一に思う。立ち木や田畑もまだ随分と多く、小鳥たちも野性の習性を残していて私の家のベランダの植木には、毎朝おそれげもなくやって来る。

これは、地主が土地の値上がりを待っているため手放さないのだという噂《うわさ》もあるが、理由は何であれ、手放した土地にはたちまち住宅が密集し自然が失われるのは必至である。

マンション住まいの私にとって、狛江は都市と田園の未分化の魅力を備えた町であり、そういう渾然《こんぜん》とした地域に住む快感を、日々土の道を眺めながら確かめ得るのはいかにも楽しいのである。

落葉のある風景

この六月中旬、いまのマンションに引っ越すにあたり、バルコニーに形ばかりの庭を作ってもらうことにした。

このマンションはたった二十二坪の居室しかないが、バルコニーは少しばかりゆとりがあって居室と同じくらいの広さ、二十二坪あまりある。コンクリートのむきだしでおくと、夏の日の照り返しが暑いというので、何か一工夫して欲しいと造園師に頼み、いまのような植込みができ上がった。

私はもう長い間、公団住宅暮らしをしていたが、今度もし引っ越すとしても鉄筋のマンションにしようとずっと考えていた。理由は、夫と二人きりの暮らしで防犯上安心なこともある他に、一戸建ての庭の手入れなど忙しい身でとうていできないと考えていたからである。

私が故郷土佐に住んでいた頃はまだマンションなどなく、どこの家でも小さな庭に草木を育てていて、私の家でも父は庭いじりが大好きだった。さして広くもないのにまん中に桜の大木を植え、そのまわりに築山《つきやま》や盆栽棚や、或《あ》いは果樹を配したり花壇も作ったり、四季とりどりに随分と楽しんだものであった。

が、仕事に忙しい父は常時庭にばかりかかっておられず、いきおい草とりや虫とり、また落葉掃除は母や女中たちの手にゆだねられ、それがなかなか大へんな仕事であることの印象が、私の子供心にもしっかりと印《しる》されていたものと思われる。

公団住宅に入居したとき、私の心のなかにふと、これで庭の手入れはしなくてもすむのだな、とそれははっきりした意識とはならないまでも安堵《あんど》に似た思いがあったのは、こういうところから来ていたのだろうか。

しかし人間は緑と縁を切って暮らすことは不可能であって、土の一くれもない鉄筋の住宅に住むとよけい緑への希求は強くなり、そうなると鉢植の草花などやたら買い求めては並べ立てるのである。

私の部屋は十二階で風がとても強く、こういう状況では和木はすぐ枯れ、何とか生き長らえるのはゴムとか、カタカナ名の観葉植物ばかりになる。これもたしかに緑の植物にはちがいないが、小さいときから伝統的な日本の植物ばかり見なれている目には何かもうひとつ満たされない気持ちがし、それに何より、これらには落葉というものがないのである。

美しい日本の四季の、秋から冬へ移りゆく季節、押葉にしてたのしい銀杏《いちょう》や紅葉、桜の葉っぱもおもしろく、それらを掃きよせて焚《た》く煙は得もいえぬ風情《ふぜい》があった。しかし、自分の生活を考えれば何かを得れば何かを捨てるよりなく、いまは仕事中心の、便利第一主義の暮らしであれば、落葉への郷愁など目をつむって捨てるより他なかったのだった。

で、こちらに移っての庭は、庭師がとても良心的なひとで、肥培管理も至れり尽くせりとあって、風の強い四階ではあっても椿《つばき》やもくせいの和木を植えてくれたのはとてもうれしかった。最も風の当たる場所にはアメリカバクチという、これはあまりお馴染《なじ》みのない木を十本植え、その他に椿、もくせい、くちなし、あじさい、さつき、つつじ、と昔なつかしいものを巧《うま》く配置してくれてある。

マンションの規定にはバルコニーに「土を置いてはならない」と書いてはあるが、「土を載せてはならない」とは書いてないという解釈が成り立つそうで、これらは皆、コンクリートで大きな鉢植を作ってのせてあるらしい。らしいというのはこちらからは青石の垣で底まで見えないように工夫してあり、私の書斎からは、木々は皆、地からそのまま生えたように眺められるのである。

ある秋の朝、このバルコニーに落葉の一塊を見つけたときのうれしかったこと。思わず駈《か》けよって拾い、そしてまたそっともとの場所に戻して、いつまでも飽かず眺め入った。

落葉のある風景がどれだけ心を和ませてくれるか、この小さなしあわせを私はとてもありがたく思う。

あとがき

もの書きを志して今年で三十五年になります。

十年を一昔とすると、三昔半という長い年月ですのに、まだ三十五年、という感慨しかありません。文章を書くのが好きで、心を充《み》たすためにただだらだらと日々書き綴《つづ》ってきただけ、という反省があることと、それに、作家として税金を払いだしてからはほんとうにまだ十年目、という感覚があるせいなのでしょう。

この十年のあいだに小説は八冊、随筆集は今回で四冊を人さまのお目にかけました。筆が遅くて一日五枚が限度ですので、よくもっとたくさん書くようにといわれますが、私としてはこの数でも少し多すぎるような感じがいたします。とくに随筆集は恥を撒《ま》き散らしているようで心臆《おく》するところが多いのですが、海竜社の下村のぶ子さんの熱心なおすすめにより、こうしてごらん頂くことになりました。

この集は、「母のたもと」「女のあしおと」には入れなかった自分自身の生きかたについての回顧を中心に、編んで頂いたものでございます。ですから、書いた時期もこの二冊と重なっており、約八年ほどの期間にわたっています。

人生論、なんてものは、私には全く不似合いですけれど、文章を書くことだけが取柄の一人の女の歩いて来た道、として眺めると、そこに出会ったさまざまの人とものについて、やはり自分なりの愛着がございます。でも考えようによっては、こんな愛着も恥さらしの一種なのかも知れません。

どうぞみなさま、今後ともご鞭撻《べんたつ》下さいますよう、海竜社の方々へのお礼とともに併せお願い申し上げます。

昭和五十七年二月

春待つやせつなる気持ちで

宮尾登美子

解説

五社英雄

この随筆集からは、宮尾登美子さんそのものの体臭が伝わって来ます。

宮尾さんが歩いて来た人生体験が、せせらぐ水を両手ですくいとるような清涼さで、肌に沁《し》みこんでくるようです。なに気ない、衣、食、住の思い入れから、出会いの人々への温いまなざし、そして思い出の数々が、柔らかい春の陽ざしにも似て、ほのぼのと書きこまれているのです。

私と宮尾さんとの出会いは、御存知のように、宮尾文学映画化がきっかけです。そして、私が宮尾文学に最初に接したのが、『櫂《かい》』でした。そこから、宮尾さんの生きざまや、人柄を知り、魅了されて、もう夢中で、次々と宮尾作品を読みあさったというわけです。

ですから、この随筆集はまるで、宮尾先生とさしで話し合っているような親しみの思いで一気に読み通しました。ここには、季節、風俗、そして人間そのものが、活《い》きて書かれています。特に人間は、小説の場合と同じく、自分自身を通して深い斬《き》りこみで描きこんであります。先生は、常に人間は情念の生きものだと語りかけてきます。もちろん、それは自分の恥をあらいざらいさらし切った上のことです。女衒《ぜげん》という、うとましい親の職業、それ故《ゆえ》の、コンプレックスと屈辱の青春。幾重にもかさなり合った屈折をへて、故郷を捨て、自分をねじまげた骨肉の情の残酷さにむち打たれながら、宮尾さんは本物の作家になった。そのきっかけが『櫂』だと思います。そこから、吹っ切って、開き直って、次々と素晴らしい作品を書かれ、このような珠玉の〝随筆〟も書かれるようになったのです。

宮尾さんの作品に登場する人物は、常にたぎる情念にのたうち廻り、味が濃い。私はそこがたまらなく好きです。けれど、宮尾さんが追いつめていく情念とは、一体なんでしょう。辞書を引くと、「情念は心に湧《わ》く感情や心に起る思念」とそっけない。しかし、そのそっけなさが、逆に情念という言葉の持つ重さ、奥深さ、不可思議さ、辛さ、やり切れなさを暗示しているように思えるのです。だからこそ、その情念というものをどう肉付けして映像化すればどんな動きの人物が描けるかといった楽しさと期待を宮尾文学はあおってくれるのです。

更に、宮尾文学は人間は残酷なもんだと訴えます。人間生まれて死んでいくのはひとりだけど、生きている限りはひとりぼっちではいられない。しかも、限られた人としか出会えない。その出会いが運命の絆《きずな》であると。その絆の糸のからみの中でお互いに、噛《か》み合ったり、あるいは愛し合ったり、錯覚し合いながら生きていくのだと。そうしながらも生きていく、その人間のいとしさ、切なさ、やりきれなさをぎりぎり残酷につきつめたところで、やさしくみつめる目を宮尾さんは持っています。

映画化された宮尾作品は四本ありますが、『序の舞』を除いて、高知ものといわれる三作、『鬼龍院花子の生涯』『陽暉楼《ようきろう》』、そして今回の『櫂』はわたしが撮り、宮尾さんとの三部作の約束を果しました。

実は、最初東映側は宮尾さんといってもピンとこなくて、東映作品には女流作家は合わないのではないかと迷っていました。私は、女流作家といっても宮尾さんは実に男性的で骨太なタッチだし、その上多彩な人間がそれぞれ細部にまで、きめこまかく、しっかりと書き込まれているから、まさにメジャーの素材にはぴったりだと説得したのです。企画を模索中の東映は、穴馬を買うみたいな気持ちでＯＫしたのですが、封切ってみたら大ヒットということで、あらためて宮尾さんの実力を見直したというわけです。

宮尾さんが書きこんでいる女は男より強い部分がある。そこんとこの生理、心理をキチンと描きたいと思いました。私の本音を言うと女は男よりまるで強い。ただ、画面で見るパワーというものは男の方が強いですから、女の心情的生理的な強さとバランスがうまくとれれば、それが掛算となって映画がぐーンと厚くふくらんでくるという計算で撮りました。

それが宮尾文学情念の世界です。そこを描きたかったのです。

だから、男と女の勝ち負けっていうんじゃなく、人間のいとしさを、そういう私の想《おも》い、宮尾さんの思いを映画の世界に充分に取り入れたつもりです。

宮尾さんにしても自分の体験や身の廻りの思い出を映像で眺めるわけですから、『櫂』だけでなく、『鬼龍院花子の生涯』『陽暉楼』も映画完成直後の初号試写を見た時は、いつも声を上げて少女のように泣くのです。

すべてのしがらみを乗り越え、血を吐く思いの苦難をへて、明るく生き抜いてきた人ですから、その修羅の涙の味が私にも少しはわかるような気がします。

宮尾さんは、まだまだ、お書きになりたい材料が山ほどあると日頃からおっしゃっておられます。あまり頑健の方ではなく、それに遅筆な先生のこと、いかに素晴らしい〝随筆〟でも映画化は出来ませんから、寄り道はこの辺で打ちどめにして、新たなる作品をまず、、私のためにお書きになっていただきたいと心から希《ねが》ってやまない次第です。

（昭和六十年二月、映画監督）

このエッセイ集は昭和五十七年二月海竜社より刊行された。

宮尾登美子著

櫂《かい》

太宰治賞受賞

渡世人あがりの剛直義俠の男・岩伍に嫁いだ喜和の、愛憎と忍従と秘めた情念。戦前高知の色街を背景に自らの生家を描く自伝的長編。

宮尾登美子著

春燈

土佐の高知で芸妓娼妓紹介業を営む家に生まれ、複雑な家庭事情のもと、多感な少女期を送る綾子。名作『櫂』に続く渾身の自伝小説。

宮尾登美子著

菊亭八百善の人びと

戦後まもなく江戸料理の老舗に嫁いだ汀子。店の再興を賭けて、消えゆく江戸の味を守ろうと奮闘する下町育ちの女性の心意気を描く。

宮尾登美子著

朱夏

まだ日本はあるのか……？　満州で迎えた敗戦。その苛酷無比の体験を熟成の筆で再現し、『櫂』『春燈』と連山をなす宮尾文学の最高峰。

宮尾登美子著

きのね（上・下）

夢み、涙し、耐え、祈る……。梨園の御曹司に仕える身となった娘の、献身と忍従。健気に、そして烈しく生きた、或る女の昭和史。

宮尾登美子著

クレオパトラ（上・下）

愛と政争に身を灼かれながら、運命を凜冽に生き抜いた一人の女。女流文学の最高峰が流麗な筆致で現代に蘇らせる絢爛たる歴史絵巻。

宮尾登美子著
寒椿
同じ芸妓屋で修業を積み、花柳界に身を投じた四人の娘。鉄火な稼業に果敢に挑んだ彼女達の運命を、愛惜をこめて描く傑作連作集。

宮尾登美子著
仁淀川
敗戦、疾病、両親との永訣。絶望の底で、二十歳の綾子に作家への予感が訪れる――。『櫂』『春燈』『朱夏』に続く魂の自伝小説。

宮尾登美子著
湿地帯
高知県庁に赴任した青年を待ち受ける、官民癒着の罠と運命の恋。情感豊かな筆致で熱い人間ドラマを描く、著者若き日の幻の長編。

阿川弘之著
山本五十六
新潮社文学賞受賞（上・下）
戦争に反対しつつも、自ら対米戦争の火蓋を切らねばならなかった連合艦隊司令長官、山本五十六。日本海軍史上最大の提督の人間像。

阿川弘之著
米内光政
歴史はこの人を必要とした。兵学校の席次中以下、無口で鈍重と言われた人物は、日本の存亡にあたり、かくも見事な見識を示した！

阿川弘之著
井上成美
日本文学大賞受賞
帝国海軍きっての知性といわれた井上成美の戦中戦後の悲劇――。「山本五十六」「米内光政」に続く、海軍提督三部作完結編！

高樹のぶ子著

光抱く友よ

芥川賞受賞

奔放な不良少女との出会いを通して、初めて人生の「闇」に触れた17歳の女子高生の揺れ動く心を清冽な筆で描く芥川賞受賞作ほか2編。

城山三郎著

静かに健やかに遠くまで

城山作品には、心に染みる会話や考えさせる文章が数多くある。多忙なビジネスマンにこそ読んでほしい、滋味あふれる言葉を集大成。

城山三郎著

無所属の時間で生きる

どこにも関係のない、どこにも属さない一人の人間として過ごす。そんな時間の大切さを厳しい批評眼と暖かい人生観で綴った随筆集。

城山三郎著

そうか、もう君はいないのか

作家が最後に書き遺していたもの——それは、亡き妻との夫婦の絆の物語だった。若き日の出会いからその別れまで、感涙の回想手記。

城山三郎著

どうせ、あちらへは手ぶらで行く

作家の手帳に遺されていた晩年の日録。そこには、老いを自覚しながらも、人生を豊かに過ごすための「鈍々楽」の境地が綴られていた。

高橋治著

風の盆恋歌

ぼんぼりに灯がともり、胡弓の音が流れる時、風の盆の夜がふける。死の予感にふるえつつ忍び逢う男女の不倫の愛を描く長編恋愛小説。

田辺聖子著
姥勝手
老いてこそ勝手に生きよう。今こそヒト様に気がねなく。くやしかったら八十年生きてみい。元気いっぱい歌子サンのシリーズ最終巻。

田辺聖子著
文車日記
古典の中から、著者が長年いつくしんできた作品の数々を、わかりやすく紹介し、そこに展開された人々のドラマを語るエッセイ集。

田辺聖子著
姥ざかり
娘ざかり、女ざかりの後には、輝く季節が待っている——姥よ、今こそ遠慮なく生きよう、76歳〈姥ざかり〉歌子サンの連作短編集。

田辺聖子著
夢のように日は過ぎて
お肌の張りには自家製化粧水、心の張りにはアラヨッの掛け声。ベテランOL芦村タヨリさんの素敵に元気な独身生活を描く連作長編。

田辺聖子著
新源氏物語(上・中・下)
平安の宮廷で華麗に繰り広げられた光源氏の愛と葛藤の物語を、新鮮な感覚で「現代」のよみものとして、甦らせた大ロマン長編。

田辺聖子著
薔薇の雨
もうこの恋は終わる、もうこの人とも離れてゆく——。別れの甘やかな悲しみを抒情豊かに描いた表題作を含む、絶品恋愛小説5篇。

新潮文庫最新刊

香月日輪著
黒沼
―香月日輪のこわい話―
子供の心にも巣くう「闇」をまっすぐ見据えた身も凍る怪談と、日常と非日常の間に漂う世にも不思議な物語の数々。文庫初の短編集。

宮尾登美子著
生きてゆく力
どんな出会いも糧にして生き抜いてきた――。創作の原動力となった思い出の数々を、万感の想いを込めて綴った自伝的エッセイ集。

三浦しをん著
悶絶スパイラル
情熱的乙女(?)作家の巻き起こす爆笑の日常。今日も妄想アドレナリンが大分泌！　中毒患者急増中の抱腹絶倒・超ミラクルエッセイ。

網野善彦著
歴史を考えるヒント
日本、百姓、金融……。歴史の中の日本語は、現代の意味とはまるで異なっていた！　あなたの認識を一変させる「本当の日本史」。

木田元著
ハイデガー拾い読み
「講義録」を繙きながら、思想家としての構想の雄大さや優れた西洋哲学史家としての側面を浮かび上がらせる、画期的な哲学授業。

池田清彦著
38億年 生物進化の旅
なぜ生物は生れたのか。現生人類の成長は続くのか――。地球生命のあらゆる疑問に答える、読みやすく解りやすい新・進化史講座！

もう一《ひと》つの出《で》会《あ》い

新潮文庫　み-11-2

昭和六十年三月二十五日　発行
平成十六年四月十日　三十六刷改版
平成二十四年八月二十日　四十刷

著者　宮《みや》尾《お》登《と》美《み》子《こ》

発行者　佐藤隆信
発行所　株式会社 新潮社
郵便番号　一六二―八七一一
東京都新宿区矢来町七一
電話 編集部(〇三)三二六六―五四四〇
読者係(〇三)三二六六―五一一一
http://www.shinchosha.co.jp

価格はカバーに表示してあります。

乱丁・落丁本は、ご面倒ですが小社読者係宛ご送付ください。送料小社負担にてお取替えいたします。

印刷・二光印刷株式会社　製本・憲専堂製本株式会社

ISBN978-4-10-129302-8 C0195